「闇が深いほど
紅は美しい」
鋼殻のレギオス
CHROME SHELLED REGIOS
23 ライク・ア・ストーム

「負けるもんですか！」

ハイアの指揮による連係戦——
天剣授受者の個々の力が
絶え間なくヴァティを襲う

あなたの光で呪いを祓って――
いや、そんな力ないし

鋼殻のレギオス23

ライク・ア・ストーム

雨木シュウスケ

ファンタジア文庫

1988

口絵・本文イラスト　深遊

目次

時間 〝レギオス〟をめぐる事象と人物

〝レギオス〟に関わるさまざまな事象を時間軸に沿って図式化。イレギュラーが発生している部分もあるが、大局的な流れを紹介する。

歴史の流れ

レジェンド・オブ・レギオス

聖戦のレギオス

鋼殻のレギオス

すべての始まりの物語

『鋼殻』よりも遥か昔の時代。人間以上の能力を手に入れた人々(異民)とその関係者たちは、それぞれの望みを果たすため敵対者と戦っていた。その結果として「自律型移動都市」のある世界が生まれ、この時代の戦いの因縁は後世にまで引き継がれることになる。

ミッシングリンクを結ぶ存在

特殊な事情によって生まれた存在「ディクセリオ」が体験する数奇な出来事の記録。時間を越え、さまざまな場所で活躍する彼だからこそ知り得る事実も多いため、前後の物語を参照すると新たな発見があるはずだ。特に最期のシーンは、後世にとって重要な意味を暗示している。

交錯する運命の終着点

汚染物質や汚染獣の脅威と戦いながら必死に生きる人類。だが、その歴史に隠された「世界の真実」を知る者はごく一部だった。人間として当たり前に笑い、泣き、人生を謳歌するはずだった人々の前に過酷な運命が立ちはだかり、そして……。

シリーズの関係性

詳細なエピソード

間接的な関連

　複数のシリーズで描かれている事件やキーワードをピックアップ。また、それに関係する人物も併記する。

活動し続けるナノセルロイドたち

ソーホ(イグナシス)
レヴァンティン
カリバーン
ドゥリンダナ
ハルペー

　当初は人類の守護者だったナノセルロイド。だが、創造主のソーホがイグナシスとなった後は、ハルペー以外は人類の敵となる。

強欲都市ヴェルゼンハイム崩壊

アイレイン、サヤ
ディクセリオ、狼面衆

　都市崩壊のその日、何が起きたのか。『レジェンド』ではアイレイン視点、『聖戦』ではディクセリオ視点という異なる切り口で事件が語られる。

「レギオス世界」誕生の経緯

アイレイン
サヤ
エルミ
イグナシス
ディクセリオ

　人類をイグナシスから守るため、エルミとサヤは新しい亜空間に「世界」を作った。アイレインはそれを見守り存続させるために月に上る。

白炎都市メルニスクの過去と現在

ディクセリオ
ニルフィリア
リンテンス
ジャニス
デルボネ
ニーナ

　ディクセリオはメルニスク崩壊時に居合わせた人物の1人。この事件で都市は廃墟となり、廃貴族と化した電子精霊は後にニーナと同化することになる。

イグナシスの出現と暗躍、そして……

ソーホ(イグナシス)
ニルフィリア
ディクセリオ

魂だけの存在だったイグナシスは、ソーホの肉体を乗っ取ることで現実世界に降臨。人類の消滅を画策するものの、ゼロ領域に閉じ込められ……!?

過去のツェルニ・第17小隊誕生

ディクセリオ
ニルフィリア
ニーナ
シャンテ
アルシェイラ
リンテンス
レイフォン

　ディクセリオは学園都市ツェルニで学生として暮らし、仲間とともに新小隊を設立。幼いニーナたちと遭遇したり、彼と縁の深い人物を幻視するなど、時間を越えた体験を積み重ねていく。

空間

隔てられた2つの世界

〝レギオス〟に関わる物語は、異なる2つの空間を主な舞台としている。今一度その関係を整理し、ストーリーへの理解を深めよう。

レジェンド・オブ・レギオスの世界

滅びかけた地球と隣接する亜空間が舞台

人口増加に伴う諸問題を解決するため、人類は亜空間で生活する道を選んだ。だが、それは絶縁空間と異民化問題を生み、別な意味で存亡の危機を迎える結果に。やがて、イグナシスの計画によって人々の住む亜空間が破壊され、全人類は肉体を失うことになる。

数ある亜空間のうちの1つ

人間にとっては不可知の領域

聖戦／鋼殻のレギオスの世界

人類再生のために作られた特別な亜空間

エルミとサヤは、新しい亜空間の中に人類の居住地と肉体を作った。その器に旧人類の魂を入れることで人類再生を図ったのだ。これが「レギオス世界」であり、グレンダン王家など一部の人々はこの事実と血筋を伝え続けることで「やがて来る災厄」に備えている。

ストーム・ブリンガー

鐘《かね》が鳴る。

それは開始を報《しら》せる合図だった。

新年度が始まってわずか一週間。その大会は新生徒会長の発案によって行われた。

新入生対象武芸科個人大会。

前年度は保有セルニウム鉱山がゼロという危機的状況《じょうきょう》の中、さらに様々なトラブルに見舞《みま》われた災難の年だったが、それでも学園都市間で行われる武芸大会に二勝し、セルニウム鉱山を増やすことに成功した。

今年は武芸大会がない。

しかし、ここで安心して来年度の武芸大会でまたも惨敗《ざんぱい》ということになっては話にならない。そのための緊張感《きんちょうかん》の維持《いじ》、そしてその緊張を新一年生に伝播《でんぱ》させようという目的で、この大会は行われる。

「ふふん、どんなものなのかしら?」

野戦グラウンドに立ったクラリーベルは着慣れない戦闘衣《せんとうい》と模擬剣《もぎけん》の感触《かんしょく》を確かめなが

ら呟《つぶや》いた。

　どちらも慣れない装備だから落ち着かない。最初の師である祖父の教えによって、基礎《きそ》訓練を終了《しゅうりょう》した時点で安全装置もなにもない本物の錬金鋼《ダイト》で練習を続けている。そして次の師であるトロイアットだが、そもそも化《か》練剄《れんけい》を主体として戦う場合には、剄の通りが悪い以上の束縛《そくばく》はないのだから安全装置に意味はない。

　そういう意味で、慣れ親しんだ胡蝶炎翅《こちようえんし》剣《けん》以外の武器を持つことは久しくなかった。

「ん～やはり少し、やりづらそうですね」

　何度か剣を振《ふ》り下ろしつつ、呟く。しかし、胡蝶炎翅《こちようえんし》剣《けん》と似た形の模擬武器は存在しないのだからしかたがない。

　野戦グラウンドでは、すでに他の新一年武芸者たちが各所に散っている。野戦グラウンドには普段《ふだん》の小隊戦のときと同じように、各所に森や丘《おか》などの地形が作り込まれ、それは中央付近に行けば行くほど複雑になっていき、敵を待ち受けるには格好の場所となっている。事前に概略《がいりやく》図を見せられている他の武芸者たちはそれがわかっているから、開始の鐘が鳴るまでに中央へと移動してしまった。

　入場口近くでこんなことをしているのは、クラリーベルだけだ。

　試合のルールは簡単。制限時間まで生き残り、より多くの敵を倒《たお》した者が勝ち。徒党を組もうと、個人でやろうと自由。

入場口で誰《だれ》とも接触《せっしょく》せず、迎撃《げいげき》のポイントを探すこともしないクラリーベルはこの時点で不利な状況となっていた。

鐘が鳴る。

開始の合図だ。

「まっ、これぐらいの不利はありですね」

そう呟くとクラリーベルは動く。彼女の脳内に敗北の二文字はなかった。

悠然《ゆうぜん》と歩いてグラウンドの中央へと向かう。すでに戦いの音はあちこちから聞こえてきていた。剄の高鳴り、衝撃音《しょうげき》、土砂が爆砕《ばくさい》し、それに人の姿が混じる。客席からは悲鳴と歓声《かんせい》が比率を微妙《びみょう》に変化させながらわき起こり、グラウンドの空を覆《おお》う。

その音に戸惑《とまど》う武芸者の数は決して少なくない。故郷の都市で試合をしたことがないのか、あるいはこういう見世物的な試合が行われることがないのか。クラリーベルにとってはグレンダンで何度もこなした試合と、そう変わりのない空気だ。試合の空気に呑《の》まれ気味の武芸者を無視して激戦地を目指す。

もちろん、そんな彼女の姿に我に返り、襲《おそ》いかかってきた者には相応の反撃《はんげき》を行い、撃《げき》墜《つい》数を積み上げていく。

「ふんふん♪　まぁこんなものでしょう」

鼻歌を交《まじ》えながら模擬剣を振るうクラリーベルはどこか楽しそうだ。

それを観客席から眺《なが》めるのは二人。

「うわっ、すごいねぇ」

「うん」

感嘆《かんたん》の声を上げるハーレイにニーナは頷《うなず》いた。

「レイフォンにしてもゴルネオ先輩《せんぱい》にしても、グレンダンの人ってほんとに強いよね」

「……そうだな」

クラリーベルはグレンダン武芸者の中でも、レイフォンほどではないにしても別格であることは間違《まちが》いないだろう。ニーナはグレンダンにいたといっても、天剣《てんけん》以外の戦闘は見ていないに等しい。その辺りは、実際にグレンダン武芸者と戦闘した経験を持つフェリやシャーニッドの方がよくわかるかもしれない。

だが、その二人はここにはいない。フェリはいつもの興味ないという顔。シャーニッドにいたっては「どうせあの娘《こ》が勝つんだろ」と堂々と不参加を表明した。

ナルキは都市警の仕事。ダルシェナはなにも言わなかったため、どうしているのかわからない。もしかしたらどこかにいるかもしれないが、いない確率の方が高い気がする。

再びわき上がる歓声。司会の女性の声も興奮している。

やはりというか、クラリーベルだ。

彼女が激戦区となっているグラウンド中央へと到達《とうたつ》したのだ。そこではいくつかの急編成された小集団が急造の連携《れんけい》でもたつきながらもぶつかり合い、数を減らし合っている。

見知らぬ者同士による連携は、相手への信頼《しんらい》感というよりも自分になにができ、そして仲間となった者になにができるかをいかに早く見極《みきわ》めるかが重要になってくるのではないかと、ニーナは考えている。

そしてそれは、とても難しいことだ。いまのニーナにだってできるかどうか自信はない。色々ありながらも小隊の連携のために積み上げてきた訓練時間のことを考えれば、それはよくわかる。

だから急造ながらも連携しようという動きは評価できる。もちろんその中で小隊に誘《さそ》いたい者がいるかどうかは、また別の話なのだが。

「あ、あそこにいるのシン先輩じゃないかな？」

「……そうだな」

第十七小隊以前にニーナが所属していた第十四小隊の現隊長だ。いつものどこか軽い雰《ふん》囲気《いき》が鳴《な》りを潜《ひそ》め、ひどく真剣《しんけん》な様子でクラリーベルを見つめている。

「すごい、真剣だね」

「第十四小隊も小隊員が足りていないからな」

先輩であり、元上司であるシンの熱意にニーナは尊敬の眼差《まなざ》しを送る。

ハーレイが見つけたのは彼だけだが、ニーナはすでに他の小隊の隊長たちがそこかしこにいることに気付いている。みな、新入生の実力を見、気になる者がいれば声をかけようという気なのだ。

その中で彼らの目を離《はな》さないのは、クラリーベルだけだ。持っている武器が慣れ親しんだ錬金鋼《ダイト》ではないため、ニーナの目にはどこか居心地《いごこち》の悪そうな印象を受ける。だが彼女にはそれを楽しんでいる様子が見られるのもまた事実だ。

一際抜《ひときわぬ》きんでた実力を持つクラリーベルの勇姿は、ちょうど一年前のレイフォンを思わせるに違いない。

「……とんでもないスカウト合戦が始まるかもね」

「……ああ」

ハーレイの言葉に、ニーナは心ここにあらずという様子で頷く。

スカウト合戦？　そんなもの、起こるに決まっている。

「でも、彼女ってレイフォンを追いかけてきたんだよね？　それなら、うちに来てくれるんじゃないかな？」

ニーナのどこか冴《さ》えない気分をその心配だと思ったのか、ハーレイが慌《あわ》てた様子で付け加える。

態度としてはやはり頷いただけだが、ニーナは実のところ、それについてはなにも考えていなかった。

ただクラリーベルの動きを眺める。彼女は単身、激戦地の真ん中に立つと各集団からの集中攻撃《こうげき》などものともせずにはね除け、倒していく。彼女の活躍《かつやく》に比例して各所にいる小隊長たちの牽制《けんせい》し合う視線の温度が上がるのを感じ、そしてそれがどこか遠い場所の出来事のようにも感じていた。


時間は流れ、午後のおやつ時。

場所は変わって、飲食店。

もちろん、クラリーベルの優勝を祝ってのことだ。

「すごいものですね」

乾杯《かんぱい》の後にクラリーベルは息を吐《は》きながら語った。

試合後、更衣室《こうい》へと戻《もど》った彼女を迎《むか》えたのは各小隊の隊長たちだった。継続《けいぞく》して隊長を続ける者もいれば、卒業によって代わってしまった者、後輩《こうはい》にその座を譲《ゆず》った者と色々いる。そのため、ニーナは名前は聞いていても顔まではまだ見ていない者もいるのだが、聞いた話では、そのほとんどがクラリーベルの元へとスカウトにやってきたのだという。

「話には聞いていましたけれど、皆《みな》さん意外に必死なんですね」

「小隊としての成績が良ければ、報奨金《ほうしょう》も違うからね」

ハーレイが答え、その部分を説明していく。

「……なるほど。向上心や競争心を養うという意味ではいいのかもしれませんね」

「そういうものなのかな」

「そういうものですよ。それより、以前お渡《わた》ししたデータはどうでした？　再現は可能ですか？」

「あれね。もちろんだよ。今日もちゃんと持って来たよ。さすがに微調整《びちょうせい》は本人がいないとだめだから」

「仕事、お早いのですね」

「こんな変なの作ったことないからね。すごい面白いよ」

「変……」

「あ、もちろん褒《ほ》めてるんだよ」

話の内容があっというまに錬金鋼《ダイト》の話になり、ハーレイが乗り気になる。新一年生は錬金鋼《ダイト》の所持がまだ認められていないというのに、この場で復元させようとしているのを見て、ニーナは柔《やわ》らかく注意を促《うなが》す。

そんな中、突《つ》き刺《さ》さる視線を感じて、ニーナは視線を巡《めぐ》らせた。

店の中はほぼ満席の状態だった。ニーナたちのいる四人がけのテーブルには、やはりというか小隊の他の面々は集まらなかったので、三人だけとなっている。

その、ニーナたちのいるテーブルをこちらが振り返ったというのに臆《おく》することなく見る目が……複数。

「…………」

知っている顔に、知らない顔。全てが険しい顔でニーナを見ている。

知っている顔で言えば、第三小隊のウィンス。他に、新しく隊長になった者らしき顔がいくつか。

クラリーベルのスカウトを諦《あきら》めたわけではない顔だ。

「あ～まだいますねぇ」

ハーレイとの会話が一段落したのか、クラリーベルがニーナと同じ方を見て呟《つぶや》いた。

「しつこい人たちですね。でも、さきほどの話が本当なら、そう簡単に諦められないかしら？」

「別にお金のためだけに新人が欲しいわけではない」

クラリーベルの言いぐさに、ニーナは思わず言い返した。

「特にウィンス先輩などは、正義感や使命感の強い方だ。去年の危機を繰《く》り返さないためにも有能な武芸者を遊ばせておきたくないと考えているに違いない」

もちろん、報奨金のためにと割り切っている武芸者もいることだろう。そういう武芸者がいることは否定しないし、信念と実力が盟友の間柄《あいだがら》でないことも知っている。他の新米隊長たちがどう考えているかまでわかるはずがない。

「だけど、ツェルニで武芸科にいて、しかも実力が高いとなれば小隊の勧誘《かんゆう》はいつまでも続くと思うけど？」

「そうですね」

ハーレイの言葉に、クラリーベルは考えるように天井《てんじょう》を見た。

「小隊に入ることで戦場経験が増えるというなら入ってもよろしいのですけど」

「なら……」

「ん～でも」

「おい、ニーナ・アントーク」

振《ふ》り返ると、ウィンスがすぐ近くにまで来ていた。

「はい？」

「ちょっと話がある」

「はぁ」

呼び出されニーナは席を立つ。

飲食店の入り口、順番待ちの人たちが使うソファのところでウィンスは足を止めた。

「先輩《せんぱい》、なにか？」

「彼女のことだ」

ウィンスはすぐに用件を切り出した。

「はい」

「君は、彼女を第十七小隊に入れるつもりか？」

「どうでしょう、彼女次第かと」

「なんだ？　君にしては中途半端《ちゅうとはんぱ》な答えだな。しかし、ではどうして？」

「部屋が近所ですし、出会いが出会いですから、友人です」

「ふむ？　それなら彼女を無理に第十七小隊に入れる気はない。それでいいんだな？」

「先輩？　わたしから言質《げんち》を取ろうとしています？」

「まぁ、そんなところだがな」

「素直さが美点だとは、限りませんよ」

「言うようになったな」

「これでも四年になりましたから」

「小隊長の経験は無駄《むだ》ではなかったということだな」

「……先年の成績は、先輩とさほど違いがありませんが？」

「そうだな。あれだけの戦力を整えてあの成績というのは、誰《だれ》の責任かな？」

「む……」

レイフォンを先頭に、フェリ、シャーニッド、ダルシェナ。どの小隊にいても戦力の要《かなめ》になるのに問題のない人材だ。ナルキは一年生ということで成長過程にある人材だが、彼女とてその成長速度には見るものがある。小隊のメンバーとしては後一人余裕《よゆう》があるものの、そこにあえてクラリーベルを迎えるべきか。

「駒《こま》を揃《そろ》えるという意味では、小隊戦の存在意義を含《ふく》め、お前のところはもう十分だ。後は集団戦の練度の問題で、個人の技量を求める段階ではない」

「…………」

小隊戦の意義は二年に一度のセルニウム鉱山をかけた都市間戦争……学園都市では武芸大会のための戦力錬磨《れんま》が最大の目的であり、強力な一集団を作ることだけが目的ではない。強大な一チームが勝利を独占《どくせん》するのではなく、平均的な戦力比の中で競い続けた方が全体の能力向上としては望ましい。

　ウィンスはそのことを言っているのだ。

「もちろん、我々に君の小隊の人事権はない。後一人を誰にするのか、誰に声をかけるのか、それは君の自由だ」

　自由だ、とは言っているが、その目はクラリーベルの第十七小隊入隊を許してはいない。

　そのまま自分のテーブルに戻っていくウィンスに、ニーナは大きなため息を吐《つ》いた。

　そもそも、クラリーベルがどうしたいのかがまるでわからない。目的ははっきりしているのだが、その目的は学生生活とは少し切り離《はな》されたものだ。

　学園都市ツェルニの学生として、彼女がなにをしたいのかをニーナは知らない。

　昨年のレイフォンに対する反省もある。だからこそニーナはクラリーベルを急いで小隊に勧誘したくはなかった。

　だが、もしもこれが去年の出来事ならばニーナにもこんな精神的余裕はなかっただろう。

「クララはどうする気かな？」

呟くと、ニーナもテーブルに戻った。

†

そのクラリーベルだが、用事があるというニーナたちと別れた後、接触《せっしょく》してこようとしてきた小隊長たちをまいて一人で歩いていた。

「ふむ……」

グレンダンのどさくさに紛《まぎ》れてこの学園都市へと来たものの、これまでは武芸大会が終わり、新年度へと移り変わる期間だった。生徒会長選挙をはじめとする学園運営陣《じん》や、卒業生と新入生の入れ替《か》わりという、グレンダンでは見ることができない、人の大移動という騒《さわ》がしい時期でもあったため、学園として見ていたものはそれだけで、小隊制度に対しては初めて実感したような状態だ。

「悪くはないんですが……」

問題とすべきなのはやはり武芸者の実力だ。それだけを取ってみれば当たり前の話だがグレンダンにいた方がはるかに高い実力の相手と戦うことができた。今日行われた大会程度では普通《ふつう》にグレンダンの大会を荒《あ》らしていた方が身になる。あちらは実力での大会荒らしは嫌《きら》われない。むしろそういう人物が現われた方がより健全に実力の向上を目指して武芸者たちに活気が出てくる。

武芸者としての成長を第一に考えるクラリーベルとしては、ツェルニは制度や都市形態としては十分に面白いが、それ以外の部分ではいまいちというのが感想だ。

しかしグレンダンにないものがここにはある。

「やはり問題はそこに行き着くのですよね」

しばし考えて辿《たど》り着いた答えに、クラリーベルはどうしたものかと再び考えに没頭《ぼっとう》……しかけてすぐに止《や》めた。

「うん。やはりこういうのは本人に直接言うのが一番というものでしょう」

なにより、そろそろいいはずではないだろうか？

長考はやはり趣味《しゅみ》ではない。そう結論づけると、クラリーベルの足はすぐさま目的に向かって動き始めた。

それはもちろん、レイフォンのところなわけで。

「そういうわけで、戦いましょう」

夕食時にいきなりやってきたクラリーベルの言葉に、レイフォンは味見用の小皿に取ったスープを渡《わた》してきた。

新年度前の移動時期に色々あって、クラリーベルはレイフォンと同じアパートに住むことになった。レイフォンも以前住んでいた寮《りょう》で色々あって、ここに越《こ》してきている。周囲にある家具や調理用具は真新しいが、すでにレイフォンはこの場所に馴染《なじ》んでいるようだった。他にも彼の身近な人が同じようにこのアパートに部屋を借りている。

そういうわけで、暇《ひま》なときはみんなの夕食を誰かが受け持とうということになったのだが、その役目のほとんどがレイフォンともう一人に回ってくる。クラリーベルは自分で作ることもできるが、こういうタイミングでレイフォンの手伝いをしている方が多い。

レイフォンがここまで料理が上手だということを初めて知った。この生活は、これはこれで楽しいとクラリーベルは思っている。

今日も全員の予定が書かれたボードを確認してレイフォンが自主的に夕食の支度《したく》をしていた。

「あら、美味《おい》しい」

「ん、良かった」

クラリーベルの反応に、レイフォンが自然と笑みを浮《う》かべる。

「今日の晩ごはんはなんですか？」

「このスープと、後はサラダと、鶏肉《とりにく》でなにかしようかなって」

「香草揚《こうそうあ》げとか、好きですよ」

「ん、了解《りょうかい》」

「わー楽しみ！」

手を叩《たた》いて喜ぶ姿に軽く微笑《ほほえ》み、レイフォンは調味料を確認する。

クラリーベルがはっと我に返ったのは次の瞬間《しゅんかん》だ。

「……………って、そういうことではなくてですね！」

「でもいま、晩ごはん作ってるから」

「それはそれで大切なことですけど、それよりも大切なことっていうか」

「クララ……」

こういう生活が始まったとき愛称《あいしょう》で呼ぶようにと頼《たの》んだ。レイフォンはそれを素直に受け取り、そう呼んでくれる。

彼のまじめな視線に晒《さら》されて、クラリーベルは体が動かなくなった。

「な、なんですか？」

「ごはんよりも大切なことって、ないよ」

「うあ」

レイフォンに見つめられて頬《ほお》を赤らめて硬直《こうちょく》していたクラリーベルだが、膝《ひざ》から力が抜《ぬ》けて体勢を崩《くず》した。

「どうかした？」

「いえ……」

なんでもないという表情を装いながらクラリーベルは心で思う。

わかっていましたとも！　ええ、わかっていましたとも！　この人がこんな人だという

のはグレンダンにいたときからわかっていましたとも!!

同年代の男女しか存在しないというツェルニに行ったという話を聞き、あるいは……と

心配していたことさえも起こっていなかったのだ。

それでも、この間の騒動《そうどう》で少しは成長したかもしれないと思ったのだが、そういうこと

はないようだ。

あるいは、彼の好みと自分が合致《がっち》しないのかもしれないが。そんな可能性を心配するぐ

らいなら彼は超《ちょう》級の鈍感《どんかん》であると信じている方がまだ精神的平和を保つことができる。

「それより、夕食の後にでも一汗《ひとあせ》流しましょうよ」

しかしその問題はともかくとして、いまはもう一つの自分の欲求《よっきゅう》を叶《かな》えるべく、微妙《びみょう》に

角度を変えて説得を試みる。

「うーん」

クラリーベルの申し出にレイフォンは考える仕草を見せる。しかしその手が鶏肉の下《した》拵《ごしら》えを止めることはない。そのことに少しいらつきを覚えながら、レイフォンの答えを待つ。

「クララと戦うとなると、この間みたいなのじゃないとうるさすぎるよ」

この間というのは、レイフォンがグレンダンに潜入《せんにゅう》しようとしたときのことだ。

「抜き打ちの勝負はもういいです。しばらくはこちらも訓練が必要ですし。今度は総合力です」

「それなら、いまは無理だよ。うるさすぎるから」

「う、うるさいからって……」

その答えに、クラリーベルは目眩《めまい》がしそうになった。二度も強調されてしまうほどの理由とは思えない。

「う、うるさいぐらいなんだって言うんですか。武芸者の本気の修行ですよ。そんなこと言ったらルイメイ様の朝の体操はどうなるんですか⁉」

毎朝恒例《こうれい》、時間のズレなし、休みなしに行われるルイメイの朝の訓練は、グレンダン市民には朝の時報扱《あつか》いされるまでになっている。

「うるさいよねぇ、あれ。夜中仕事の人とか、よく苦情を言わないものだと思うよ」

「ええ!?」

まさかの発言にクラリーベルは仰《の》け反《ぞ》った。

「あれの度《たび》に、ああ、今日も学校に行かないとって思ってたし。休日はもっと寝《ね》たいのに起こされちゃうし」

「そ、そんな……あれに負けていられないとか思わなかったのですか？」

「いや、もっと静かなやり方があるんじゃないかな？　とは思ってたけど」

「そんな……対抗《たいこう》意識とかなかったんですか？」

「そんなこと言ってたら、天剣《てんけん》の人たちみんなで騒音《そうおん》合戦になって陛下《へいか》に怒《おこ》られるよ」

「うっ……」

それは、そうかもしれない。そういえば祖父も先生もルイメイのあの行為《こうい》に特になにも言っていなかった。

納得する一方で、自分が対抗意識を燃やしていた事実とそうでないレイフォンとの差を考えてしまう。

「うぅ、これが天剣《てんけん》になっていない者となったことのある者の差なんですね」

「そうかなぁ？」

うちひしがれるクラリーベルの隣《となり》では、レイフォンが油を張った鍋《なべ》を加熱している。

「クララのそういう上昇《じょうしょう》志向は、別に悪いことじゃないよ」

「え？」

「でも、それならやっぱり、君はグレンダンにいた方が……」

「グレンダンでは、戦えない人がいますから」

「へぇ……？」

「って、これも言わないとわかりませんか⁉」

「へ？」

「あなたです。あなたですよ‼　レイフォン・アルセイフ‼　最年少天剣授受者《てんけんじゅじゅしゃ》。剄量《けいりょう》は天剣随一《てんけんずいいち》とさえ言われてる。さらにはサヴァリス様との一騎打《いっきう》ちを制し、前回の戦いでは謎《なぞ》の人物との苛烈《かれつ》なまでの剣戟《けんげき》。そこで行われた空間戦のセンス。あなたを超《こ》えることは、グレンダンの同年代から下の武芸者にとってはいまだに目標なんですからね！」

「えー嘘《うそ》だぁ」

「そんなすぐに否定しないでください」

「だって、僕は犯罪者だよ」

「一般《いっぱん》市民の感覚と武芸者の感覚を同じにしないでください。それに、ニーナさんのような武芸者道とでもいうべき高潔な精神というのは、グレンダンでは割と少数派だって知ってるじゃないですか」

「うーん、そんなこともないと思うけど。サリンバンの源流だってことで、サイハーデンはけっこう軽蔑《けいべつ》されてたよ。傭兵嫌《ようへいぎら》いだよね、グレンダンの人って。なんでだろう？」

「それは、根無し草だからというよりは、グレンダンという過酷《かこく》な戦場から逃避《とうひ》して、生温《なまぬる》い余所《よそ》の戦場で粋《いき》がってるから、でしょうか？」

その考え方だと、クラリーベルもまたいまはそう思われている可能性がある。そう気付いて、嫌《いや》な気分になった。自分は程度の低い戦場に逃《に》げ込んだわけではない。その証明は、きっと数年後にしてみせる。

「そうなのかな？」

「いえ、まじめに考えたことがなかったのでわかりませんが」

「うん、まぁいいんだけど」

そんなことを言っている間に油が適温になったのか、レイフォンは特製のタレに漬《つ》け込《こ》まれた鶏肉を鍋に入れていく。

油で揚げられる小気味の良い音がキッチンに広がっていく。食事ができあがるのを報《しら》せるこの音は、クラリーベルの食欲《しょくよく》を刺激《しげき》する。

揚がったときにはほどよい色をした鶏肉が香辛料《こうしんりょう》と香草《こうそう》の匂《にお》いを周囲に振《ふ》りまく。

「とりあえず、ごはんできたから帰ってる人を呼んでくれるとうれしいけど」

「あ、は、はい」

食事の言葉にクラリーベルは大人しく従い、他の皆《みんな》を呼びに行くため部屋を出た。


考えるのは苦手だ。

しかし、今は考えなくてはいけないようだ。

熱々の香草揚げを齧《かじ》りながらレイフォンを観察する。今夜、夕食の時間に重なったのはフェリだけだった。三人でレイフォンの部屋の食卓《しょくたく》を囲む。

香草揚げはとても美味しい。口の中で旨味《うまみ》が広がり、香《かお》りが鼻を抜ける。ここの食卓を囲む最大人数を想定したとしてもたっぷりとありすぎる香草揚げやスープやサラダの量に驚《おどろ》きながらも、どれだけ食べてもいいという感覚がクラリーベルを食事に夢中にさせかけ、心の中で慌《あわ》てて制止をかける。

レイフォンには戦う気がない？

グレンダンから助け出してからいままで、精神的に低調気味だったのがここ最近は徐々《じょじょ》に復調の兆《きざ》しを見せている。

だからこそ申し込んでいるのだが、レイフォンの反応はやはりよくない。低調気味だからというより、うまくかわされているような感じだ。

戦う気がない？

しかし、そのただ『ない』というのにも何通りかあるはずだ。

わたしでは相手にならないから、あるいは武芸者としての向上心を失っているからか。

あるいは武芸者を辞《や》めるつもりか。

それは早とちりすぎますか……

香草揚げを齧りながら考える。

しかし戦いに対しての意欲《いよく》がなくなっていることは確かだ。

それはそれで……困る。レイフォンという存在に魅力《みりょく》があるとすれば、それは強いからだ。

人によっては異論があるだろうが、クラリーベルにとってそれは代《か》え難《がた》い事実だ。出会った瞬間から人の全ての面を見ることなんてできない。人は見えやすい一面をまず見て、その人間に対しての印象を決め、付き合い方を決めるのだ。

そしてクラリーベルにとって、自分が惹《ひ》かれたレイフォン・アルセイフというのは、レイフォン・ヴォルフシュテイン・アルセイフであり、彼を若き天剣《てんけん》へと導いた実力だ。

強いからこそ惹かれ、強いからこそ超えたいのだ。

そして同時に、彼には高い壁《かべ》であって欲しいとも思う。わずか一歳違《ちが》いで生じた、この厳然たる実力差という壁がそう簡単に越《こ》えてしまえるようではだめなのだ。

戦いの実力とは移ろいやすい。生死の境目を渡《わた》る能力は、運動能力以上に心が影響《えいきょう》を与《あた》える。心が折れれば肉体の頑強《がんきょう》さなど紙くずに等しい。

もし、レイフォンが戦いへの意欲を、戦いへ向かう心を減殺《げんさい》させているのならば、まずそれを蘇《よみがえ》らせなければならないのではないだろうか？

強くならなければならないのだ。揺《ゆ》れる乙女心《おとめごころ》……クラリーベルがそう思っているものとはレイフォンを超えることだったが、いまはそうではない。それだけではない。是《ぜ》が非《ひ》でも強くならなければならない。

そのためには、かつてのレイフォンで、いいやかつてのレイフォンさえも超えてもらわなければならない。

そのレイフォンを自分が超える。そのときには大きく目的に近づくことができるに違いない。そしてそのときには、レイフォンも力になってくれるに違いない。

しかしそれは、どうやって……？

その答えは、さすがに食事中には出てこなかった。

†

考えごとを長くしていると体がムズムズしてしかたがない。クラリーベルは食後の運動も兼《か》ねて外に飛び出した。

とりあえずは外縁部《がいえん》を一周。普段《ふだん》ならば殺到《さっけい》を維持《いじ》しつつの静音移動の訓練をするのだが、さすがに今夜はそんなことをしていられる気分ではない。そもそも、外縁部ならば多少の騒音は都市の足が起こす巨大《きょだい》な駆動《くどう》音にかき消される。クラリーベルは遠慮《えんりょ》なく全力で外縁部を駆《か》け抜《ぬ》けた。

一周、二周、三周……四周目を終えて、ようやく足を止めたくなった。やや乱れた息を整え、全身から剄を強く放出して汗《あせ》を散らす。剄の輝《かがや》きが、一瞬《いっしゅん》、夜を押しのけた。

「うん」

自分の体に満足のいく解放感が生まれ、クラリーベルは笑みを浮《う》かべて頷《うなず》く。

さて、次はなにをしようか……そう考えていると見物客が近づいてきた。

「なにか御用《ごよう》ですか？」

二周目のときには、そこにいたことを感知していたが、ただ見ているだけの様子だったので無視した。だが、いまは近づいてきている。クラリーベルに用があるのだ。

しかし、見物客はもう一人いたはずだが、そちらは近づいてこない。

「やはり、君は他の新入生とは違う。違いすぎるな」

そこに立っていたのは、ウィンスだった。

「あら、あなたは、えーと……」

だが、クラリーベルはまだ名前を覚えていない。しつこく付きまとう小隊勧誘《かんゆう》員の一人だとしか考えていなかった。

「第三小隊の隊長をしているウィンスだ」

「はぁ。それで、なんの御用でしょうか？」

「是非《ぜひ》ともうちの小隊に入ってもらいたいと思ってな」

わかりきったことを聞く。そういう苛立《いらだ》ちが一瞬、ウィンスの顔をよぎったのをクラリーベルは見逃《みのが》さなかった。短気な人なのかもしれない。だが、こちらの意思を無視して近づいてくるのだから、それぐらいは我慢《がまん》して欲しいとも思う。

「残念ですが、いまのところわたしは小隊というものに興味がないのですが」

弱そうだから、とはさすがに言わない。だが、クラリーベルの実力をもってすれば生半《なまはん》可《か》な小隊では通用しないという自負もある。また、それぐらいでなければ自分が目指す場所に辿《たど》り着《つ》けない。

　クラリーベルの答えはウィンスの意表を突《つ》いたようだ。

「しかし、武芸者であれば都市を守るのが……」

　ウィンスが武芸者としての道理、そしてツェルニの体制下での効率的な武芸者の能力の使用を説《と》く。確かに、集団戦での中核《ちゅうかく》部隊として小隊制度は有用だ。グレンダン武芸者は誰《だれ》と組んでも即時《そくじ》に連携《れんけい》が行えるように集団戦は訓練されるが、しかしそれはあくまでも急場での活動を前提にしており、あらかじめ割《わ》り振られている部隊で戦った方がより効率がいいに決まっている。訓練の積み上げ方が違うからだ。

　しかし、そういう問題でもない。

「ん～」

　クラリーベルの煮《に》え切らない態度にウィンスははっきりと苛立っている様子だった。こんな夜にまでやってくるのだ。その熱意は素晴らしいものがある。しかし、熱意が行き過ぎて、少し……気持ち悪いかもしれない。行き過ぎた熱意は気持ち悪い。うん、覚えておこう。クラリーベルの乙女部分がそう考える。

　だが、次の瞬間《しゅんかん》、そんなクラリーベルの気持ちを揺るがせる一言を彼は言った。

「君ならば、第十七小隊のレイフォン・アルセイフにも対抗《たいこう》できる」

「あ……」

そうだ。まさしくそうだ。

「やだ、忘れてました」

本当にうっかりしていた。というよりも、レイフォンはクラリーベルがツェルニに来てからというもの、小隊的な行動をしていなかったから、彼が小隊員であるという事実がすっぽりと抜け落ちてしまっていた。

「練習で戦うというのが嫌なのなら、そうですね。小隊戦なら……しかし……いやそれは、あの人に任せてしまえばいい問題ですし……」

「君……？」

一つのとっかかりを得て思考が一気に動く。

「そうですね、それがいいです」

「では、うちの隊に入ってくれるのか？」

「あ、それはまだ決めません」

「なに？」

「そうですね……では一つ、こちらも試させていただきましょう」

そう言って、彼女が提案したことにウィンスは驚くのであった。

†

そういうわけで、鐘《かね》は再び鳴る。

「さあ、始まりました！　異例も異例、超《ちょう》異例！　なんと小隊に勧誘された武芸科新入生、クラリーベル・ロンスマイアが、逆に小隊を試すという大暴挙に出た！　だが、それを受けたのは一つや二つの小隊ではないというさらなる大異例！　第三小隊を筆頭に、第五、第七、第十四、第十六と、五つもの小隊が今回の試合に出場を表明！　前回行われた新入生大会での彼女の優勝、いいやその試合ぶりがあまりにも凄《すさ》まじかった証拠《しょうこ》です！　この期待の超新人を獲得《かくとく》するのはどの小隊なのか？　それは、今日、この、野戦グラウンドで決まるのか────!?」

女性司会者の声が野戦グラウンドの空を駆け巡《めぐ》り、観客席に詰《つ》めた人々の期待をいやがうえにも盛り上げる。

野戦グラウンドの入場口付近。障害物のないその場所に立つクラリーベルの姿がカメラに捉《とら》えられ、観客席各所にあるモニターに映し出される。

「……なんだか、すごいことになりましたね」

観客席で、わき上がる声援《せいえん》に気後《きおく》れするようにレイフォンが呟《つぶや》く。

「まぁな」

隣《となり》のニーナが苦笑した。

「今年は武芸大会がありませんから、今期の小隊戦は去年とは違って総当たり戦ではなく、指名対抗戦ですし、小隊員の成績への影響や報奨金《ほうしょうきん》の額も前年度より少ないですから、試合数をこなさなければなりません。そういうこともあるでしょうが、戦力の増強はどこも望んでいるでしょう。それを考えれば、逆に小隊の参加数は少ないとも言えますね」

反対側に座るフェリが淡々《たんたん》と答える。

「まぁ、クララのやり方に腹を立てたということだろうな」

答えたニーナは先の試合後にクラリーベルに近づいた小隊長たちのことを思い出した。

参加を表明しなかった小隊は、彼女の態度ややり方に腹を立てたに違いない。

モニターに映るクラリーベルは、この間の大会のような模擬剣《もぎけん》ではなく、ハーレイによって作られた安全装置付きの胡蝶炎翅剣《こちょうえんしけん》を握《にぎ》っている。本来、新入生は学園生活に慣れるまでの半年間は錬金鋼《ダイト》の所持は認められない。認められるのは小隊に入隊した者か、都市警察に就労した者だけだ。

彼女はまだ小隊に入っていない。本来なら、錬金鋼《ダイト》の所持は認められないはずだが。

「この大会のための特別措置《そち》だそうだ。参加した小隊の隊長たちが、連名で要請書《ようせい》を書いたと聞いたな」

「へぇ」

きっと、クラリーベルがこの試合を行うための条件として、付け加えたのだろう。さすがにこの人数を模擬剣でやるのは不利と感じたか？

いや、単純に自分専用の錬金鋼《ダイト》である胡蝶炎翅剣《こちようえんしけん》を握っていないと落ち着かないという理由かもしれない。レイフォンはそう考えた。

「それにしても、小隊に興味なさそうだったのに、なんでこんなことになったんだろう？」

先日の夕食時にクラリーベルが勧誘のことをうんざりした調子で語っていたのをレイフォンは聞いている。

彼女の心変わりに首を傾《かし》げていると、左右から睨《にら》まれた。

「……え？　なんです？」

「本当に、不治の病《やまい》なんですか？」

「え？　え？」

フェリの言葉に戸惑《とまど》っているとニーナが説明してくれた。

「お前と戦いたいからだ。断り続けているんだろう？　だが、小隊の対抗戦となればお前は戦わなければならない。そう考えたに違《ちが》いない」

「はぁ……」

「まったく、いい迷惑《めいわく》です」

フェリの言い様にニーナと二人で苦笑する。

開始の鐘が鳴った。

†

さすがに全ての隊が一度にクラリーベルと戦うわけではない。クラリーベル本人としてはそれでも良かったのだが、小隊長たちがそれで良しとはしなかった。

そのため、戦う順番は公正なクジで決められた。

戦いのルールは、クラリーベルを戦闘《せんとう》不能にすれば相手小隊の勝利。小隊員全員を戦闘不能にすれば、クラリーベルの勝利。

「ルールだけを見ればクラリーベル選手が非常に不利としか思えません。しかし、このルールを提案したのは当のクラリーベル選手だという話です。なんという傲慢《ごうまん》、あるいは絶対の自信の表れなのか!? とにかく、一番手、第十六小隊、動き始めました！」

轟音《ごうおん》が野戦グラウンドを駆《か》け抜《ぬ》ける。

第十六小隊は、去年の第十七小隊初陣《ういじん》の相手だ。去年と変わることなく旋剄《せんけい》による速戦を得意とする彼らは、開始とともに戦闘員五人が突撃《とつげき》を敢行《かんこう》する。障害物の多い中央での戦いは避《さ》け、平坦《へいたん》地の多い、入り口周辺で戦う気なのだ。

「ふうん」

相手の意図を察し、クラリーベルはあえてその場から動かない。

しかし、なにもしていないというわけではない。

「おおっと、クラリーベル選手。あれはなんでしょう？　剄が光っていますが、しかしなにが起きているのかは我々にはわからない。迎撃《げいげき》のための、なにか攻撃《こうげき》手段でしょうか」

司会者の疑念は、第十六小隊の隊員たちが中央の森を抜けたところで解消される。

高速移動による土煙《つちけむり》が森から噴《ふ》き上がり、五人の小隊員が飛び出してくる。迷いのない速度でクラリーベルに多方向から同時攻撃をしかけるべく、さらに距離《きょり》を縮めようとする。

しかし、それはできない。

「そこまでです」

クラリーベルの呟き。

直後、変化は起きた。

外力系衝剄《がいりきけいしょうけい》の化練《かれん》変化《へんげ》・舞散花《まいちるはな》。

クラリーベルの周囲……だけではない、森を突《つ》き抜けた第十六小隊員たちの周囲に、不意に赤い光玉《こうぎょく》が現われる。それは指先ほどの小さなものなのだが、その数は、無数。

「なっ！」

第十六小隊の面々が驚愕《きょうがく》の声を上げ、そしてその姿が紅色の爆光の中に消えていく。

光が去った後には、地面に倒《たお》れ伏《ふ》した姿が当たり前のように転がっていた。

「……………………お、お……お――っと！　これはすごい！　これはすごい!!　あまりのことに、一瞬《いっしゅん》、言葉を失ってしまいました。ですが、なんということでしょう。あの第十六小隊が、まさかの瞬殺《しゅんさつ》！　信じられません。こんなことが本当に起こるのでしょうか。わたしたちは、なにか悪い夢でも見せられているのでしょうか!?」

司会の興奮した声に呼応して、観客もまた声を上げる。

轟《とどろ》く歓声《かんせい》の中で、クラリーベルはレイフォンを見ていた。

どうです？　これならあなたの前に立てると思いませんか？

心の中でそう問いかける。

だが、レイフォンは普段《ふだん》の凡庸《ぼんよう》な顔で両隣《りょうどなり》の女性二人になにか受け答えをしている。

「………むっ」

面白くない光景だ。

「さあ、さっさと次、出てきなさい！」

苛立《いらだ》ちとともにクラリーベルは吐《は》き捨《す》てた。

その後も、クラリーベルの快進撃《かいしんげき》は続く。

第五、第七、第三の順に戦いが進められていく。

進められていくということは、クラリーベルが勝っているということである。

当初、公正なクジを引くとき、小隊長の胸にあったのは一番クジを引いた者が実質、彼女を手に入れるという認識だった。

だが、いまやその認識は変わり、彼女が疲労《ひろう》を見せる後になるほど有利というものになっている。

「バカなっ！」

ウィンスの痛切な悲鳴が野戦グラウンドを駆け抜ける。

「おおっと！　四番手第三小隊までも惨敗《ざんぱい》、クラリーベル選手の圧勝。まったく疲《つか》れを見せない戦い方。これはどうなってしまうのか。このまま参加小隊は彼女を手に入れられずに終わってしまうのか。そして彼女はいままで誰《だれ》も為《な》しえていない記録、個人で小隊に五連勝という記録を打ち立ててしまうのか!?」

「それだけではつまらないですね」

司会者の言葉に、クラリーベルは呟く。その声はこの試合の運営に協力している念威繰《ねんいそう》者《しゃ》の端子《たんし》によって拾われ、拡声されて会場に響《ひび》いた。

「そのときにはこの五小隊を率いる……そうですね、中隊長にしていただきましょうか」

「そ、そんな制度はない！」

地面に倒れたまま救護班を待つウィンスが悲鳴を上げた。

「あら？　それではわたしは勝ち損ですか？　こちらの身柄《みがら》は賞品として差し出しているというのに、そちらが負けたときにはなにもないなんて、それは少し都合がよろしすぎるのではないでしょうか？」

「……くっ！」

こんな事態を想定していなかったウィンスは言葉をなくした。

「まぁ、後一つ残っていますから。わたしが負けるという可能性が完全になくなったわけではありませんけれど」

「っ！　そうだ。シンなら、奴《やつ》ならば…………っ！」

「ウハハハハハ！　おれたちに期待をしてくれるのかい！」

その声は突如《とつじょ》として響く。

それは、大会運営委員会が設置した拡声器からのものではなかった。

「あら？」

クラリーベルは気付く。自分たちの頭上に新たな端子が複数あることに、それが結合してこの場所に声を届けているのだ。

「その声、シンか」

ウィンスも気付き、空を見上げる。

「その通り！」

「……シン？」

だが、声の反応にウィンスが怪訝《けげん》な顔をした。

「ようやくおれたちの出番だな！」

「シン、いや前から軽いとは思っていたが、今日は特に軽くないか？　いや、軽いというか……」

「軽い？　いいや違う。今日この時から、第十四小隊は新生したのだ！」

その声とともに、別の端子が、気がつけばグラウンド……というよりも客席に向けて配置された端子が新たな音を生み出す。

いいや、奏《かな》でる。

三十二ビートという超速《ちようそく》の曲が駆け抜ける。歪《ゆが》められた軽鋼弦楽器《けいこうげんがつき》の高音を群管鍵盤楽《ぐんかんけんばん》器の荘厳《そうごん》な旋律《せんりつ》が飾《かざ》り立てる。原始的な打楽器の荒々《あらあら》しいリズムに重鋼弦楽器がのしかかり、重々しい激流を生み出す。

無軌道《むきどう》の激しさから生み出される清澄《せいちよう》な旋律がグラウンドを支配し、別世界を生み出そうとする。

「さあ、新生第十四小隊のお目見えだ！」

そして現われる。

彼らは、空から。

どうやってと問われれば、野戦グラウンドの外壁《がいへき》部分の頂上に潜《ひそ》んでいたのだが、それは言わぬが花というものだろう。

とにかく、彼らは舞《ま》い降《お》りたのだ。

漆黒《しっこく》の姿で。

夜の使者として。

あるいは悪鬼羅刹《あっきらせつ》を率いる者として。

新生第十四小隊は、新たな名を冠《かん》してこの場に降り立つ。

「黒薔薇《ばら》のテレサ」

「死神のトニ」

「月影《つきかげ》のコーディ」

「**我ら闇《やみ》の三連星**！」

黒衣を纏《まと》い、闇を想起させる化粧《けしょう》をした武芸者たちがそこに現われる。

そして、最後の一人が。

「そしてこのおれ！　猛禽《もうきん》のシン！」

銀鎖《ぎんさ》で飾り立てられた黒のロングコートを魔鳥《まちょう》のごとく翻《ひるがえ》し、第十四小隊隊長、シン・カイハーンが舞い降りる。

その姿を見て、クラリーベルは……

きゅん♪

†

観客席。

二人の女性が、震《ふる》えてその姿を見つめていた。

「……………………………………………………フェリ？」

「イイエワタシハカカワッテイマセン」

「いや、あれはどう見ても………」

「スクナクトモアノヒトノコーディネートハシテイマセン」

「なんでそんなカタコトなんですか？」

一人、事態をうまく理解できていないレイフォンが左右の二人を順に見た。

「だいたい、あれは戦闘衣《せんとうい》じゃないですか。そういう意味ではわたしは関わっていませんよ。ええ、それはもう、絶対に」

「だが、あの二つ名は、それに元々……」

「でも、あれっきりだったじゃないですか。去年の対抗戦《たいこうせん》とか武芸大会では普通《ふつう》の……」

「昨年度の予算を貯蓄《ちょちく》して、我らは新生した！」

タイミング良く、しかしちょっとせこいことをシンが言った。

「先輩《せんぱい》……」

ニーナが顔を覆《おお》う。

「我ら、蒼銀《そうぎん》の天女の導きにて、黒き使者として新生したのだ！」

「ソレハゼッタイニワタシデハアリマセン。ソウデスヨネソウニチガイアリマセン。トイウカナンデスカソノフタツナハ。アリエマセンアリエマセンアリエマセンアリエマセン（以下エンドレス）」

再びカタコトに戻《もど》ってしまったフェリは、正体不明の痛みに胸を押さえた。

それは言ってしまえば、ちょっとした悪戯《いたずら》が思わぬ方向に暴走して止まらなくなってしまったがごときものであり、改めてそれを見せられてしまった精神的な激痛だった。

「えっと、もしかして……あれって……フェリが？」

「黙《だま》りなさい、閃光《せんこう》のレイ！」

「ええ!? ていうかなんかそんなこと言われた覚えが。じゃあ、あの人たちのあの呼び名ってやっぱりフェリが？」

「むう、しまった」

フェリが墓穴《ぼけつ》を掘《ほ》って慌《あわ》てふためく。

そんなことをしている間にも、グラウンドでの事態は進行する。

†

再びグラウンド。

「ふ、ふふ……素敵な格好ですね」

クラリーベルの呟《つぶや》きに、近くで呆然《ぼうぜん》としていたウィンスが驚愕《きょうがく》に目を剝《む》いた。

「ふっ……君ならそう言うと思ったよ」

シンが唇《くちびる》の端《はし》で笑みを作る。

この瞬間《しゅんかん》、あの夜の外縁《がいえん》部にいたもう一人の見物客がシンであったことにクラリーベルは気付いた。だが、それは決して不快を呼ぶことはなかった。

「君を見たときからわかっていた。君は闇を求める人間だ。闇を抱《いだ》いて美しく咲《さ》ける……そうだな紅《くれない》の闇姫《やみひめ》だ」

「素敵な呼び名」

「おい、待て！　本気か？　二人とも!!」

この場で、一人現実に取り残されたウィンスは不幸だった。だが、不幸であることなど認識できるはずもなく、ただ慌てふためくしかなかった。

慌てふためくウィンスを無視して、劇へと変化した二人の会話は続けられる。

「ですが！　実力が伴《ともな》わなければ、わたしを従えることなどできませんわ！」

クラリーベルが叫《さけ》び、胡蝶炎翅剣《こちょうえんしけん》を突《つ》きつける。その先には鋭《するど》い剄の光。紅玉錬金鋼《ルビーダイト》が反応し、刀身は紅《あか》く、紅く、紅く輝《かがや》く。

燃え上がる闘志《とうし》にウィンスが言葉を詰《つ》まらせる。

だが、シンは動じない。猛禽のシンは動じない。

そして彼の背後に並ぶ、闇の三連星も怯《ひる》まない。

黒薔薇のテレサは笑みを浮《う》かべ。

死神のトニと月影のコーディはなにかを確信した顔でそこにいる。

「君は勘違《かんちが》いをしている」

クラリーベルの剄の波動でシンのコートが揺《ゆ》らめく。恐《おそ》れることなく、彼女に近づく。

「君を従える気などはない。言っただろう？　君は姫だ。闇を従える者だ。君に差し出すのはおれたちの忠誠だ。そしてその証拠《しょうこ》に、これを」

背後のトニが用意していたバッグを開き、一つの衣装を取り出す。

「これは……!?」

「おれたちに勝利の鐘《かね》を鳴らす者、闇の姫の装束《しょうぞく》」

「そんな……」

「急いで作らせたからサイズの微調整《びちょうせい》がまだだけどね」

シンが小声で漏《も》らし、刹那《せつな》、苦笑した。

「さあ、おれたちの上に君臨してくれ、闇の姫!」

「もちろんです」

クラリーベルの瞳《ひとみ》は乙女《おとめ》のごとく輝き、闇の装束を抱《だ》きしめた。

「マジか!?」

最後の悲鳴は、ウィンスのもの。

だがもはや、誰《だれ》もこの劇の中に彼の存在を認めていない。いや、認めるのであれば、彼には自身の情熱を見事に利用された哀《あわ》れな道化《どうけ》という役割しか残っていない。そして、ウィンスはそのことに気付きながら、認めたくはない。

クラリーベルは闇の装束を肩《かた》にかける。猛禽のシンが彼女の右後方に、そして闇の三連星が左後方に移動する。

「我らの敵はあそこに！」

胡蝶炎翅剣《こちようえんしけん》の切っ先が向きを変える。

観客席に。

「閃光のレイ！　あなたです!!」

「なんで知ってるの!?」

観客席でレイフォンは悲鳴を上げた。

この後に起こる一ヶ月間にわたる騒動《そうどう》は、後に闇姫の動乱と名付けられることになるのだが、それはまたいずれ。

ファイア・アップ・スピリッツ（議論編、あるいはどうしようもない一日）

闇《やみ》が深ければ深いほど紅は美しい。

光が閉ざされることによって生まれる漆黒《しっこく》の中、闇の姫《ひめ》は鼻先をくすぐる香《かお》りを楽しむ。

それは情熱的であり、淫靡《いんび》だ。闇に潜《ひそ》められたあらゆる予感を内包した香りだ。

そこに込められた予感こそが自分だ。

闇に包まれた紅なのだ。

そこに込められたあらゆる予感……蠱惑《こわく》、愉悦《ゆえつ》、そして背徳《はいとく》……心と体を芯《しん》から震《ふる》わせる紅の刺激《しげき》、それこそが自分であり、そして漆黒の面紗《めんしゃ》が開かれるときを心待ちにしている者もまた、自分だ。

ああ、この香りに引き寄せられ、その予感に打ち震え、この暗闇に足を踏《ふ》み入れる者が現われることをわたしはこんなにも待ち望んでいる。

「あの～暗いのでカーテン開けてもいいですか？」

暗闇の中で妄想《もうそう》に震えていると、そんな声が聞こえてきた。

「もう、なんですか、いい感じだったのに」

「でも、暗すぎてなにも見えないし」

新たな声がさらに言う。

「この程度、どうってことないでしょう？」

闇姫は憤慨《ふんがい》した。せっかく気分を盛り上げているというのに。現実的な声が全てを台無しにしたのだ。

「暗すぎですよ。ここまで完璧《かんぺき》に光を遮断《しゃだん》されたらなにも見えません」

「うう……」

「トニが怖《こわ》がってるからできれば開けて欲しいな」

「どうしてですか？」

「こいつ、少し暗所恐怖症《きょうふしょう》の気《け》があるから」

「もう！」

暗所恐怖症ではしかたがない。暗すぎて身動きの取れない他の三人に代わり、闇姫は立ち上がると窓に向かい、カーテンを開けた。

光が差し込み、闇が払《はら》われる。

闇姫……不満顔のクラリーベルが黒のフリルを閃《ひらめ》かせて振《ふ》り返《かえ》ると、そこにはソファに座った三人の姿がある。

テレサ、トニ、コーディ、第十四小隊の三人だ。

「ていうか、どうして三人ともあの服を着てないんですか？」

闇姫の装束《しょうぞく》を着たクラリーベルが腰《こし》に手を当ててそれぞれの服装を睨《にら》む。

今日は休日だというのに、三人とも制服姿だ。

「いや、今日はプライベートだし……」

三人を代表してコーディが答える。ひょろりと細いがとても長身で、立たれるとクラリーベルは見上げなければならない。ソファに座っているいまも、他の二人より頭一つ飛び抜《ぬ》けている。

「普段《ふだん》からあれを着て歩くのは、ちょっと……」

まだ少し青ざめた様子のトニがふっくらした頬《ほお》に気後《きおく》れを見せる。

「でも、定期的に撮影会《さつえい》はやっていますよ」

テレサが気弱な笑みで場を和《なご》ませようとしたが、クラリーベルの怒《いか》りがさらに増し……

「お邪魔《じゃま》するよーっと、お、全員集合か？　って、ロンがいないけどな。いつものことだ。あいつ引きこもりだし」

ドアの開く音とともに入ってきた小隊長のシンが、やはり制服だったことにクラリーベルは遂《つい》に爆発《ばくはつ》した。

「全員、整列！」

クラリーベルの声に、ソファの三人が慌てて立ち上がり、シンもそこに並ぶ。クラリーベル争奪戦《そうだつせん》のときはなんとも心浮き立つ演出で勧誘《かんゆう》してきたというのに、いまはもうそんな雰囲気《ふんいき》は微塵《みじん》もない。

彼女には、それがとても、不満だった。

「みなさん、心構えがなってません！　どうしてちゃんとあの服を着てないんですか！」

「いや、だって……」

「うーん」

「ねぇ」

三人が微妙《びみょう》な表情で心情を物語る。

「いや、今日は委員会に用があったからな。制服の改造は生徒会がうるさいんだ」

緊急時《きんきゅう》にはその制服が個人の身分、ひいてはその際の役割を示すため、制服の改造には厳《きび》しい罰則《ばっそく》がある。

「戦闘衣《せんとう》みたいなわけにはいかんさ」

戦闘衣はそれを着ていることがそのまま武芸者であることを示しているため、機能性の保証という最低限の規定しかない。とはいえ、やりすぎれば他の者に目を付けられる。結局は実力が保証された小隊員ぐらいしか戦闘衣の改造をしないのが実情だ。

「ちょっとぐらいならできるでしょ？」

「まぁワッペンぐらいだな」

シンの答えにクラリーベルは天を仰《あお》いだ。

「ああもう！　それなら私服はちゃんと……ええと……そういえばこの隊の名前はなんでしょう？」

「第十四小隊」

「いえ、そういうのではなく、もっと雰囲気にあった名前があるでしょう」

「そこまでやるかぁ？」

「やりましょうよ」

「やりすぎるのもなぁ」

「やりすぎがなんだって言うんですか。やりすぎてちょうどいいぐらいです」

「んじゃ、ちょっと考えてみるか。ていうか今日の集まりってそれなのか？」

ここはクラリーベルの部屋だ。彼女の招集によって念威《ねんい》繰者《そうしゃ》を除いた第十四小隊の面々は集まっていた。

「本題は別にありますが、とりあえずは決めましょう」

「うーん……テレサ、なんかあるか？」

「え？　わたしですか？　ええと……」

困り顔のテレサにシンは何度も頷《うなず》く。

「だよなぁ、いきなり言われてもなぁ。まぁいいや、トニとコーディも考えてくれ。思いついたらみんなで言ってみようぜ」

「おお……」

「なんだよ？」

「見た目は軽薄《けいはく》ですけど、ちゃんと隊長ができるんですね」

「うははは！　すごいだろう！」

怒《おこ》るかと思ったが逆に胸を張られてしまった。意外に度量があるのかもしれない。

「まぁともかく、こいつは後回しだ。本題じゃないんだろ？」

「ええ、まぁ……でも、服が」

「まぁまぁ」

宥《なだ》めるシンにクラリーベルは唇《くちびる》を尖《とが》らせる。本題ではない。本題ではないが、やはりあの雰囲気を常に醸《かも》しておきたいという欲求《よっきゅう》もある。なによりそれが、クラリーベルにこの小隊を選ばせた理由なのだから。

「それじゃあ、特にこの小隊でなくても良かった……」

「わかった。なるべく私服は黒系にしよう。な？　それでいいだろ？」

「……小隊の名前が……」

「それもいいのがあったらだ。な？」

「むう……」

なんだかいいように丸め込まれようとしている気がする。クラリーベルは形にしにくい不満に頬を膨《ふく》らませた。

「まぁまぁ、それより、今日はなんの用だったんだ？」

「そうです。それでは本題に入りましょう」

思い直し、クラリーベルは居住まいを正すと四人と向かい合った。

「今日の議題はわたしたちの敵、レイフォン・アルセイフについてです」

「やっぱそれかぁ」

「それかぁ……ではありません。彼は閃光《せんこう》のレイ。闇に仇《あだ》なす光の使徒ですよ」

「うん、まぁ、そういう設定だよな」

「設定とか言わないでください」

自分でもそう思っているとはいえ、人に言われるとちょっと冷める。

「しかしまぁ、おれたちは劇場型小隊を目指すことにしたからなぁ。敵役《かたきやく》がいるのはいいことだ」

「劇場型とか言わない。……というか劇場型ってなんですか？」

「ん？　まぁ、ショーメインってことだな。見栄《みば》えのいい格好に堂に入った台詞《せりふ》。武芸者にとっちゃ自己鍛錬《たんれん》とか色々大事な場だし、観客にとっても自分たちの都市を守ってくれる奴《やつ》らの実力を見るって意味もあるが、それ以上に観客は武芸者同士の戦いをショー的に楽しんでる連中もいるし、それは決して少なくないわけだ」

「まぁ、そうですね」

「だからそこをもっと重視してみようってな。しかしだからって、他の小隊がそれに賛同してくれるわけもないし。戦いを劇的に操作しようとしてたら、勝ち負けも仕組まなくちゃいけなくなるが、そうなったら、ただの演劇だ。そんなもんは武芸者にとっちゃ意味がなさすぎる。だからとりあえず、おれたちだけでもおもいっきり格好つけてみようってことで、劇場型小隊だ。ま、実験だな」

「なるほど」

「……一応聞いとくが、まさかおれたちが本気であんな格好やあんな台詞やあんな考え方を常日頃《つねひごろ》からやってると思ってたのか？」

「あははは、まさか！」

とは言うものの、やや声が乾《かわ》いてしまうのも否《いな》めない。

「……ただ、ファン心理としては、常にそういう存在でいて欲しいとは思いますよ？」

「ああ、それはそうかもな」

「というわけで、私服はやっぱり黒系で。制服のときもなるべく装飾品《そうしょく》にシルバーを使いましょう」

「へいへい」

「じゃあ、本題に戻《もど》りましょう。設定とか言うのはもう禁止！」

「へーい」

場の雰囲気を元に戻し、クラリーベルは深呼吸する。

「問題なのは彼にやる気がないことです。弱い彼と戦ってもなにもおもしろくない」

「勝率は上がるのでは？」

テレサが小首を傾《かし》げる。

「ただ勝つだけでは意味がないんです。彼の本気を超《こ》えることこそ、わたしにとって重要なんですから」

「そりゃ、正論だ」

「でしょう」

「えーと、どうしてレイフォン君はやる気がないのかな？」

トニがおずおずと手を挙げる。

「いや、それよりも彼がやる気がないのはいつから？　もしかしておれたちの知ってる彼がやる気のない状態だったというなら……」

「以前、汚染獣《おせんじゆう》が大量に襲《おそ》ってきたときの彼、凄《すご》かったですからね」

コーディの呟《つぶや》きにテレサが重ねる。

「うん。使ってる錬金鋼《ダイト》が違《ちが》ったというのもあるけど、小隊戦のときとは明らかに強さが違った気がする。前々から思ってたんだけど、彼はもしかして、小隊戦のときには手を抜いていたのではないのかな？」

「だとしたら、僕たちぜんぜん勝てそうにないですね」

コーディの予測にトニが青い顔をして震《ふる》えた。

「昨年のあの人を知らないからなんとも言えませんが、だからわたしがいるんですし、だから超えたいんじゃないですか」

青くなってる三人に、クラリーベルが熱弁を振《ふ》るう。

「お話を聞く限り、小隊戦では鋼糸《こうし》を使ってないようですが、あの人の鋼糸《こうし》なら安全装置に意味はないでしょうから試合での使用不可は納得できます。それにあれは対多用の武器として考えているはずですし、あの人の本領はあくまでも剣戟《けんげき》ですので対汚染獣《おせんじゅう》でのことはいまは考えなくてもいいです」

「よく知ってんなぁ。同じ都市だっけか？」

「そうですよ」

「お、じゃああれか？　あいつを追っかけてここに来たわけか？」

「ええまぁ」

「おお！　なんだなんだ、ラヴなロマンスありか？」

「いえ、それはないですけど」

「なんだ、つまらん」

「でも、追いかけてきたんですよね。はぁ、そういうの、いいですねぇ」

テレサが表情を輝《かがや》かせて乗ってきた。

「振り向かない男を追いかける女……素敵。きっと、いろんなロマンスがこれから生まれるんですね」

「あ、テレサそういうの好きなんだ？」

「ええ隊長。隊長はそういうのは好きではないんですか？」

「んーおれはもうちょっと直線的なんが好きだな」

「これ以上⁉」

「出会ったその日にベッドインから始まる恋《こい》があってもいいよな」

「はふん！」

なにか深いことを言ったつもりのシンに、テレサが鼻を押さえて悶絶《もんぜつ》している。クラリーベルは、『ああ、そういう関係か』と納得した。

「ああ、ベッドインで思い出した。そういや去年、レイフォンに卒業した隊の先輩紹介《せんぱいしょうかい》したことあるな。シャーニッドづてで」

「なんですと！」

「あの人はまさしくダイレクトアタックな人だったなぁ。あれ、どうなったんだろ？　結末知らねぇんだよな」

「な、な、な……なんてことを」

しまった。まさか自分の知らない一年の間にそんな恐《おそ》ろしいことが起きていたなんて。

クラリーベルはやはりあのときに付いていくべきだったかと後悔《こうかい》した。

「ダ、ダイレクトアタックって。それに隊の先輩って、あの人ですか？　もしかして、隊長も？」

テレサも不安を露《あらわ》にしてシンを見る。

「あー、いや、あの人の好みにおれが入らないし、おれの好みにもあの人は入らないしで、なんもないな」

「そ、そうなんですか」

安堵《あんど》するテレサを横目に、クラリーベルはもしやと思った。

「……シンは言動とは違ってヘタレ？」

「ヘタレ言うな！」

エロスの権化《ごんげ》のような師トロイアットと比べると、シンにはどこか違和感《いわかん》を覚えたので言ってみた。衝撃《しょうげき》の事実に対する現実逃避《とうひ》も加味されて、クラリーベルの言葉はきつい。

「おれとロマンスを燃やせるだけの女がまだいないってだけだ」

シンはあからさまに動揺《どうよう》している。

「あら、でもベッドインできれば誰《だれ》でもいいのでしょう？」

「誰でもってわけじゃあ……」

「たとえばこちらのテレサさんとか？」

「はっ？」

「はひ!?」

クラリーベルの提案に、テレサが変な声で驚《おどろ》く。

「容姿にご不満が？」

「いや、そういうのはないが……」

「ではあちらの寝室《しんしつ》で思うさまどうぞ」

「い、いや、いきなりってのは……なぁ？」

と、シンがテレサを見る。彼女は手で顔を隠《かく》しているが、指の隙間《すきま》から見える真っ赤な顔は満更《まんざら》でもない雰囲気《ふんいき》でもある。

影《かげ》の薄《うす》いトニとコーディも息を呑《の》んで見守っている。

「ぬ……」

「さあさあ」

「…………」

「…………」

「…………」

クラリーベルをはじめとした四人の視線に、シンは額に汗《あせ》を浮《う》かべて動けなくなってしまっている。

「さあ」

「…………」

「さあ」

「…………」

「さあさあ」

「すいません勘弁《かんべん》してください」

「ヘタレ」

「うう……」

クラリーベルに冷たく言い放たれ、シンはその場に突《つ》っ伏《ぷ》した。

「いやでも、テレサは大事な小隊員だしな、それをこんなノリでどうにかしようってのは……なぁテレサ！」

淡《あわ》い期待を必死に摑《つか》もうとする顔でテレサにすがりついたシンだが……

「…………」

「あの、テレサさん？」

「…………ヘタレ」

「ぐおうっ」

見事に玉砕《ぎょくさい》した。

カーペットの一部にならんばかりに倒《たお》れ伏して震えるシンに「隊長は悪くないっすよ」と慰《なぐさ》めている男二人は無視し、クラリーベルは仕切り直しと手を叩《たた》いた。

「さあ、シンのヘタレっぷりはどうでもいいのです。そんなことよりレイフォンにどうやって本気を出させるかですよ」

「やはりここはクララさんの女の魅力《みりょく》で……」

「テレサ……変なスイッチ入ってないか？」

コーディがいまだに震えたままのシンに代わってツッコむ。しかしもはや、女性陣《じん》は男たちの言葉など聞いてはいない。

「それが通用すれば世話がないのですが……」

「そうだ！　あいつの話からおれがこんな目にあったんだ！　あいつはどうだったんだ？やったのか？　やってないのか!?」

シンが復活して叫《さけ》ぶ。その顔には怒《いか》りがあった。この理不尽《りふじん》をあいつにもぶつけてやりたいという負《ふ》だらけの動機にしか見えないが、その勢いは女性陣の気にするところと一致《いっち》している。

「その先輩という方は、その後どうだったんですか？」

シンの怒りなどどうでもいいが、結果は気になる。

「どうって……ああ……聞いてはないが、なんかいい顔はしてたんだよな」

「なんですって⁉」

いい顔？　いい顔ってどういうこと？

それはいたしたということか、いたしてないということなのか。

「ああ、そういえば、『軽い恋愛《れんあい》はやっぱだめね』とかなんとか……ぐあ、ちゃんと聞いときゃよかった」

「本当です」

立腹しながらその可能性を考える。別に彼の初めての相手が〜〜ということにこだわりたいわけではないが、だからといって誰かとの関係を許容できるわけでもない。

「むう……その先輩はもういないわけだから、その人といまもというわけはないでしょうけれど……」

「先輩のことを引きずってるとか」

「そんなことがあるなら、グレンダンであんなことには……」

いや、その可能性は捨てきれないのか？

「もしや……」

グレンダンでの彼女との別れが彼にとって痛手であったというのはいまさら疑ってみた

ところでしかたがない。しかしもし、その先輩という存在が彼を少しでも慰める役を負っていたというのならばどうだ？

「ダメ男が女性の体に逃《に》げるというのは物語ではよくある話ですよね」

こう言っては悪いが……レイフォンはそういうのが………

「とてもよく似合いそうで困ります」

その先輩が卒業でいなくなったために彼のやる気はさらに減少したのか？

「だとすればそれは、ゆゆしき事態です」

つまり彼には色仕掛《いろじか》けが有効だということだ。

「使わない手はないということですか？」

「ですよですよ！」

テレサが興奮顔で肯定《こうてい》する。

「むう。となるとやはりここは……」

「夜這《よば》い。ですね」

「そうですね」

二人で頷《うなず》きあう。

「問題はどうやって彼の寝室に忍《しの》び込むかですね」

なにしろ手練《てだ》れの武芸者だ。クラリーベルが殺到《さっけい》しても近づけるかどうかわかったものではない。

「そんなこと関係ないじゃないですか。堂々と部屋に入って、ぐっとくる服で悩殺《のうさつ》しちゃいましょう」

「ぐっとくる……黒のネグリジェとか？」

「どうでしょう？　ここはあえてごく普通《ふつう》のパジャマというのもいいかも。潤《うる》んだ瞳《ひとみ》で『今夜は一人で寝《ね》たくないの』とか」

「おお、なるほど。テレサさん、すごいですねぇ」

「ええ。いつか気になるあの人に使おうと思っていたんですけど、ね！」

語尾《ごび》とともに睨《にら》まれて、起き上がろうとしていたシンは再び力尽《ちからつ》きて倒れる。

「レイフォンはシンと違《ちが》って女性関係は見かけ通りと思っていましたけど、しかしあの話が本当だとすればここはやはり、やるしかないんですよね」

「ええ、がんばってください！」

「はい、テレサさんのためにも、わたし、女になってみせます！」

テレサの自己犠牲《ぎせい》の精神に打たれ、クラリーベルは決意とともに拳《こぶし》を握《にぎ》りしめる。

そのとき……

「あの～」

誰からも忘れられようとしていた男性陣二名……の一人、トニがおずおずと手を挙げた。

「なんですか？」

「ええと、言いにくいんだけど、その……」

「なんです？　はっきり言ってください」

「あの……話が、レイフォン君と戦うから、彼を別の意味で落とす方向に変わっちゃってるけど、いいのかなって」

「そんなこと、些細《ささい》な問題です！」

「ああ、ごめんなさいごめんなさい」

テレサの激昂《げきこう》に、トニが首を縮める。

「まったく……ねぇ、クララさん？」

「…………」

「クララさん？」

「あ、いえ、なんというか……そうか、そうですよね。戦うのと落とすのは違いますよね。ていうか落としたらもっと本気で戦えませんよね。うん、彼の場合、絶対そうだ」

「なにを言ってるんですか、クララさん!?　恋《こい》は戦争です。やるかやられるかです！　これだって立派な戦いです。彼を超《こ》えましょう！」

「あ、いや、ごめんなさい。そういう『超える』は、いまちょっと……」

変な情報が耳に入ったせいで暴走していたみたいだ。クラリーベルは深呼吸して気分を落ち着かせる。

そうだ。彼が誰《だれ》とどうしようがいまは関係ない。いまは……

いや、やっぱり気になるわけだけど、それはそれとして別口で追及するとしてとにかくいまは彼と本気の戦いをするためにどんなことをすればいいかを考えなくては。でもやっぱり気になるよね。うん、気になる。どうしようか、やはりやってしまうか。しかししかしかししかし………

コンコン。

いきなりのノックの音に全員がびくっとなった。

「クララ、いる？」

その声に二度びくっとなる。

まさしくいま話題の主《ぬし》、レイフォンのものだった。

「は、はい、どうぞ」

「夕方の予定が書いてなかったけど……もしかして出かける？」

リビングにやってきたレイフォンはそこにいる第十四小隊の面々を見て言った。おそらくは気配ですでに誰かがいることはわかっていたのだろうが、シンたちだとは思っていなかったようだ。

「あ、そうですね？　どうしましょう？」

後半はシンに向かって尋《たず》ねる。

「ん、そうだな。いいんじゃないか。どっかで食べようぜ」

ついさきほどまで床《ゆか》で伸《の》びていたシンだが、いつのまにか立ち上がって平静を装っている。その変わり身の素早さは驚嘆《きょうたん》に値する。

第十四小隊に入ったとき、その経緯《けいい》が経緯だったのでニーナが半泣きになりながら「あの先輩《せんぱい》は素晴らしい人なんだ。ああ見えて、ああ見えるけど！」と熱弁を振《ふ》るっていたが、この外面の変化の凄《すさ》まじさが彼女に尊敬される原因になっているのかもしれない。

「そっか。じゃあ、夕食がいるのは僕とフェリ先輩だけか」

「待ってください。わたしもやっぱり食べます。ここで」

「え？　でも……」

「食べます」

「そう？　僕は別にいいけど……あ」

「え？」

いきなり顔色を変えたレイフォンにクラリーベルは内心で身構えた。なにか悟《さと》られたか？　なにを？　自分の内心か？　それともここでの企《くわだ》てか？

「だめじゃない、お茶も出してないなんて」

そう言うと、レイフォンはキッチンに立ってお湯を沸《わ》かし始める。

「は、あ、すいません」

そういえば、シンたちが来るというのになにも準備していなかった。勘《かん》ぐりすぎたことと、そんな気遣《きづか》いもできなかったことの恥《は》ずかしさで顔が真っ赤になる。

「いやいや、おれらもなんも持って来てないし、別にいいべ」

言うものの、誰もレイフォンがお茶を淹《い》れるのを止めたりはしない。コンロで沸かされるお湯がシュンシュンと音をたてている。

「なんなら夕食もここで食べていきますか？」

「ん、いいのか？」

「たぶんいいかと」

「んじゃ、ごちになるわ。悪いな」

「いえいえ」

二人のそんな会話の中、クラリーベルは彼には見えない位置に移動し、必死にシンの背中に圧力をかけた。

(聞けっ、聞けっ！　聞けっ!!)

穴が開かんばかりに念を叩《たた》きつける。シンの体がびくんと震《ふる》えた。きっと念が通じたに違いない。ならば聞けっ！　ここで言わなかったらヘタレ確定だ。腑抜《ふぬ》けと呼んでやる！

「……………あーところでレイフォン？」

「はい？」

いままさにコンロの火を消そうとしていたレイフォンがシンを見た。

「前に、あれ、うちの先輩を紹介《しょうかい》したことあっただろ？」

「あ、ああ、はい。メナリス先輩ですね」

なにげない様子でレイフォンが答える。その表情をつぶさに観察する。なんの変化もない。どこか焦点《しょうてん》がぼやけているような、いつものレイフォンだ。

「あれ、どうなった？」

「どうなったって？」

「いや、なんか色々あるだろう？　紹介したときも言ったじゃねぇか、すごいって」

「はぁ」

「で、どうだ？　先輩のすごいとこ見れたか？」

「はぁ」

「見たのですか!?」

衝撃《しょうげき》の告白にクラリーベルの全身から血の気が引く。

だが、レイフォンの表情は別に恥じらったりとか照れて怒《おこ》ったりとか、誇《ほこ》ったりとか、そういうことは一切なく、いつも通りの茫洋《ぼうよう》とした顔だ。

むしろ、クラリーベルの反応に「なにごと？」という顔をしている。

「え？　あ、うぅん……見たっていうか、なんというか……すごい格好でしたよ」

「すごい？」

「格好だって？」

「はい」

「あ、ああ、そういや、なんかすげぇ服持ってたな。実家から色々送らせてるみたいだったが」

「そんなことはどうでもいいんです。それで！　それでどうなったんですか!?」

「え？　お茶して、映画見て、夕食食べて……その日はちょっと寒かったから上着貸して……」

「それで!?」

「家に送って、帰りましたけど」

『…………は？』

「いえ、普通、そうですよね？　なにか変ですか？」

「いや、変じゃないが……」

「ですよね。はい、お茶できました」

「あ、ありがとう、ございます……」

「それじゃ、夕食の支度《したく》しますんで」

「あ、ああ……すまないな」

言葉を失った第十四小隊の面々の前に湯気の立つお茶を残して、レイフォンは去っていった。

「……マジか？」

呆然《ぼうぜん》と、シンが呟《つぶや》く。その目はレイフォンの幻影《げんえい》を追うかのように玄関《げんかん》へと通じる廊下《ろうか》を見つめていた。

「すごい格好って、あれだろ？　先輩のことだからあれだろ、それ穿《は》いてますか？　着けてますか？　みたいなやつだろ？　しかも目線とかばりばりだろ？　仕草とかあれすぎだろ？　あれを全部スルーできるのか？　そんなのが隣《となり》にいて、いつでも来いって言ってんだろ？　なんでいかねぇんだよ」

「まぁ、あなたもいかないわけですが」

「ぐほっ！」

テレサの冷たい言葉が突《つ》き刺《さ》さり、シンが再び悶絶《もんぜつ》する。

クラリーベルはやや茫然自失《ぼうぜんじしつ》の状態で立ち尽《つ》くしている。その内心は戸惑《とまど》いと安堵《あんど》が渾然《こんぜん》一体となってぐるぐると回っている。

そもそもこの確認は、現在の目的にとっては二の次のはずだ。しかしそれでも、その事実は安堵を呼び、そして落胆《らくたん》も招く。

なにもなかったという安堵と、そして……

「生半可《なまはんか》な努力では彼には通用しないということですね」

考えてみれば、レイフォンの周りには彼に気がありそうな女性が、しかも見目麗《みめうるわ》しい女性たちがたくさんいる。しかしレイフォンはそれに気付いた様子もない。そんなこと、普《ふ》通《つう》の男性にありえることか？　気付きたくなくても気付いてしまうものではないだろうか？　その好意にどう応《こた》えるかは別の問題としても、常態を維持《いじ》し続けるというのは不可能なのではないかと思う。

しかしレイフォンは常態を維持し続ける。あの凡庸《ぼんよう》な表情を通し続けている。

あの壁《かべ》は生半可な努力では突き破《やぶ》れないということか。

「フフフ、これは、高くて分厚い壁ですね……」

「いや、また方向が間違《まちが》いそうになってるよ」

気弱なトニの言葉はクラリーベルには届かないように見えた。いや、見られたと言った方がいいだろう。言ったトニも無駄《むだ》な努力と感じている雰囲気《ふんいき》があり、その隣のコーディにもそれがある。テレサはシンのことでもとよりそのことが眼中になく、シンはいまだ床に倒《たお》れ伏《ふ》している。

しかし、クラリーベルには届いている。

彼の心を射貫《いぬ》くということも重要だが、それ以上に彼を超えるということも重要だ。それは男女の機微《きび》とは別の場所にあり、そしてクラリーベルにとって無視することができない命題でもある。なぜ彼でなければならないかというところには、やはり男女の機微が存在するのだから、面倒《めんどう》といえばそこが面倒ではあるが。

「ふっふっふー、やる気出てきましたよ」

とにかくその先輩とやらとはなにもなかった。その事実が確認できたのだから良しとするべきなのだ。

あとはレイフォンのやる気を引き出すだけだ。

「さあ、作戦会議を続けます！」

「やはり、夜這《よば》いです！」

「いや、そっちはもういいですから!?」

熱く語ろうとするテレサをクラリーベルはぴしゃりと遮《さえぎ》った。

†

大幅《おおはば》な方向修正（本来はそちらが正しいのだが）したクラリーベルをテレサが「裏切り者」「弱気すぎます」と責める中、シンはこっそりと部屋を抜《ぬ》け出した。

「いや、熱い熱い」

部屋にこもる精神的な熱気や勢いに呑《の》まれ、溺《おぼ》れそうだった。というかほぼ溺死《できし》していたのだが、ドアを抜けて通路の冷えた空気を浴びて、シンはなんとか持ち直した。

「しかし予想以上の効果だな、こりゃ」

そう呟きながら一息入れて部屋に戻《もど》るかどうか考える。

……できれば、いまは戻りたくない。

なんとなーく気付いていた感触《かんしょく》を全力で、しかも暴走気味に肯定《こうてい》されてしまい、ただでさえ戸惑っているのだ。いまはなんとか時間を稼《かせ》ぎたい。

「さてさて、かといって逃《に》げちまうと明日《あした》からが怖《こわ》いよな」

なにより、どんなテンションであれ、この会議は第十四小隊にとって重要であることは変わりない。

「ま、でもすぐ行かなくてもいいよな」

多少は熱が冷めたあたりが望ましい。そう決めると、シンはぶらりと階段に向かって歩き始める。

なんとも古びた、そして寂《さび》しげな建物だが、新たな住人たちの努力がそこかしこに見え、古びてはいるが清潔さを保っている廊下を進み、目的のネームプレートを見つけるとノックした。

「はい？」

「お邪魔《じゃま》するよ」

ノブに手をかけると鍵《かぎ》が掛《か》かってない。返事とともに、シンはドアを開けた。

「あれ？　どうかしました？」

キッチンから顔を出したレイフォンが不思議そうにシンを見る。

「ちょっと息抜《いきぬ》きさせてもらいにきたぜ」

「はぁ」

交通の便が悪いことの代償《だいしょう》といわんばかりに広いリビングには、大人数用のテーブルの他にソファがぽつんと置かれているだけだ。シンはそこに座ると、背もたれに体を思い切り預けた。

「やあ、濃《こ》いな、あいつ」

「ははは」

すぐにクラリーベルのことだと通じたのか、レイフォンは曖昧《あいまい》な笑みを浮《う》かべただけだった。

「でも技倆《ぎりょう》は確かですよ」

「そりゃあもう、十分に承知だ」

新入生の歓迎《かんげい》試合、そしてこの間の試合でそれは十分に理解している。

「お前と戦いたくてうちに来たみたいだけどな。ま、後はおもしろそうだからか？」

「はは……」

「閃光《せんこう》のレイ」

「……それ、やめてください」

本気で嫌《いや》そうな顔で懇願《こんがん》してくる。

「そんなに嫌か？」

「恥《は》ずかしいじゃないですか」

「だったらおれらどうなるんだよ」

レイフォンの前にいるのは、試合中の野戦グラウンドで、大衆の面前で、堂々と『猛禽《もうきん》のシン』と名乗った男だ。

「……あ、いや……」

「ま、わかってるからいいんだけどよ」

「はぁ」

アイディアの元は外からとはいえ、実行に移すことを決めたのは自分だ。しかしそれでも、あれをやる寸前まで間違った選択《せんたく》をしたのではないかと不安になったりもしたし、変な汗《あせ》をかいたりもしていた。

「正直、恥ずいって思うときもあるんだよな」

「じゃあ、どうして？　隊長、泣いてましたよ？」

レイフォンの言う隊長とは、もちろんニーナのことだ。真面目《まじめ》一途《いちず》のニーナからしてみたら、こういうやり方は理解不能だろう。他の小隊長たちからも苦言を呈《てい》されたくらいだ。

じゃあ、どうして？

それは当然の質問だ。だが、軽々しく答えるには気恥ずかしい部分もある。しかし気恥ずかしいというだけなら、それはほんのわずかな抵抗《ていこう》の先で言葉にできる。

「約束が一つできるなら、教えてやってもいいぜ」

「え？」

「クララの奴《やつ》と本気の勝負ができるなら、だ」

「あ…………」

シンの言葉に、キッチンで料理をしながらこちらを見ていたレイフォンが動きを止めた。困ったような笑み。こいつを戦いたがらせない理由はなんなのだろう？　ちょっとした興味が湧《わ》いた。だが、その興味に従って深く踏《ふ》み込むことをシンはしなかった。話せることならば、もうクラリーベルにその理由を話しているだろう。あるいはクラリーベルはすでに知っていて、そのことをレイフォンも心得ていて、しかし二人とも軽々しく他人に話したくないと考えているのかもしれない。

「ま、どういうつもりかは知らないが、やらない限りは止まらないぜ、あれは」

「はぁ……」

曖昧な返事の後、レイフォンはキッチンに目を落とした。こちらを見上げることはない。心の中ではシンを意識しているかもしれないが、途切《とぎ》れた会話を自分から再開させようとは思わないらしい。

沈黙《ちんもく》に慣れているのか、あるいはとことんマイペースなのか。

こうやってじっくりとレイフォンを観察するのは初めてのことだ。どういう人物か興味がなかったわけではないが、武芸者としてはその圧倒的《あっとうてき》な実力に目がいってしまって他が隠《かく》れてしまう。同じ学校にいるというだけ、あるいは数多くあるライバル小隊の一つであればそれでいいのかもしれない。そいつの強さを調べ、その弱点を見つけ出す作業をしたとしても、その人となりを調べるようなことまではしない。個人的な事情を調べたとして、そこに弱点があったとして、それを突いて勝ち点を稼いだところで、それがなんだ？　とシンは思う。

学園都市での書類上の成績にどれほどの意味がある？　成績にみあった実力がなければ、結局は将来、自分が痛い目にあうだけのことだ。

しかしいまは、こいつの実力を試合で引き出さなければならない。

そうすることでクラリーベルが、ひいては小隊が盛り上がるのであれば、そのためにレイフォンを知ることは小隊長として必要なことだ。

さて、では、どうやってこいつのやる気を引き出す？　恋《こい》と目的が交錯《こうさく》したクラリーベルでは良い案は出ないかもしれない。

なら、おれがやるしかないってか。

心の声さえも茶化しつつ、シンは言葉を探る。

「ていうか、興味はないわけ？」

「え？」

「どうしてあんなことやったのか」

「いや、だって……」

「ああ、約束な。まぁしてくれりゃうれしいが……そんなあっさり聞かれないってのも寂《さび》しいよなぁ。先輩《せんぱい》の深遠な考えとか興味ないわけか？　ひどくねぇ？　ああ、こりゃひでぇ。ここまで先輩に興味がないってのはひでぇ話だよなぁ。こんな後輩《こうはい》がいていいのか。いや、良くない。ニーナも草葉《くさば》の陰《かげ》で泣いてるに違《ちが》いねぇ」

「いや、隊長、死んでませんし」

レイフォンの戸惑《とまど》い顔を眺《なが》めながら、自分でも『ウザイ』と思うぐらいに嘆《なげ》いてみせる。

こんなやり方で効果があるのかないのか。先輩だからと遠慮《えんりょ》して怒《いか》りを堪《こら》えている様子もなく、ただ戸惑っている後輩を観察する。

「ええと、じゃあ、聞いていいんですか？」

「……な～んか、しかたなくって感じだな」

「そ、そんなことないですよ」

慌《あわ》てた様子のレイフォンに、少し『ウザイ』という空気が滲《にじ》んだ。ここら辺が潮時だ。

「しかたねぇな」

それでも少しだけもったいぶり、シンは口を開いた。

「ま、精神改善だな」

「精神改善？」

聞いたことのない言葉に、レイフォンが首を傾《かし》げた。

「いまテキトーに作った言葉だけどな」

苦笑し、シンは続ける。

「うちの小隊員てのは、まぁぱっとしなくてな。実力の方じゃなくて外見とか心の方が」

「はぁ」

テレサたちを思い出しているのか、レイフォンが少し天井《てんじょう》を見上げる。

「内向きの性格で損してる連中なんだわ。それでも実力はあるから、ほっといても小隊の成績にはさほどの影響《えいきょう》はないんだが……」

そこまで言って、少し口ごもる。こういうことをあえて口に出すというのは、やはり気恥ずかしい。

「まぁでも、それで卒業して、で、どうよ？って話じゃね？」

「え？」

「ツェルニを卒業しました。帰ってきました。武芸者として少しだけ成長しました。まぁべつに悪い話じゃない。わざわざそれなりに危険を冒《おか》して故郷から出てきたんだ。武芸者として成長ぐらいはしといて欲しいもんだ」

「ええ、そうかもしれないですね」

「しかしなぁ、それだけじゃおもしろくないだろ」

「え？」

「武芸者として成長するだけなら、ぶっちゃけ、ここでなくてもいいだろ？　もしかしたら、もっといいところがあったかもしれないわけじゃないか。お前さんの故郷のグレンダン。あんな強《つえ》ぇ武芸者がたくさんいるんだ。あるかどうか知らないが、外部の武芸者を鍛《きた》えるような場所があったとしたら、学園都市なんか行くよりそこで修行した方がいいわけだろ？」

「ええと……専門でそういうことをしてるところはないですけど」

「たとえ話だから実際がどうだかは、いまはいいんだよ」

「はぁ」

「で、だ。修行してましたで終わったらおもしろくないんだよ。どうせなら、ここに来て良かったって思いたいだろ」

「ええ」

「そういう風に思える想い出を作るのもいいが、おれはそれだけでも足りないと思うわけだ」

「それで、改善？」

「ああ。内向きの性格が全面的に悪いなんて思ってるわけじゃないが、それで損することだってあるわけだ。それで改善だ」

「それで、あれですか」

「それで、あれだ」

レイフォンは理解したのかどうか、微妙《びみょう》な表情をしている。もっと感動するかと思っただけに、この表情なのは残念だ。

「なんだよ、ニーナなら感動して泣き出す話だぞ？」

「ああ、そうかもしれないですね。いや、驚《おどろ》いていますよ」

そう言ったレイフォンの表情に、なんとも言い様のない歪《ゆが》みみたいなものが流れるように現われて消えたとシンは感じた。

その正体がなにかはわからない。

しかしおそらく、それこそがいまのレイフォンを縛《しば》っているものなのではないか、シンはそう思った。

「ま、できればうち一番の引きこもりをどうにかしたいところだが、あいつは筋金入りだからな」

「はは……」

「あ、信じてないな。うちの念威繰者《ねんいそうしゃ》の引きこもりっぷりはガチだぞ。よくまぁ学園都市まで来れたものだと思うくらいだ」

「……本当なんですか？」

「ああ。まっ、引きこもってるだけで、こういうお祭《まつ》り騒《さわ》ぎは嫌《きら》いじゃないっぽいし、意外に充実《じゅうじつ》もしてるみたいだから、あいつは変わる必要ないのかもしれないがな」

「はぁ」

返事のしようがないという顔のレイフォンを見て、シンは笑う。

「ま、お前も少しは学園生活を楽しめ」

そう言い残すとシンは立ち上がる。見送るべきかと迷うレイフォンに「夕飯、楽しみにしてるぜ」と言い残し、部屋を出た。

そうだ。楽しまなきゃ損だ。

シンはそう思う。わざわざこんなところまで来て、辛《つら》い想い出しかないなんてのはひどい話だ。辛くなくとも、たいして思い出せるものがないというのも同じだ。

シンには夢がある。

それは、小隊員が自分を思い出したときに『あいつはひどい奴だった』と言われることだ。もちろん憎《にく》しみを込めてではなく、苦笑を滲ませてでも懐《なつ》かしさに胸が温かくなるでもいい。

多少むちゃくちゃでも、良い想い出としてあいつらに記憶《きおく》されておきたい。そう思うのは贅沢《ぜいたく》か？　あるいは我が儘《まま》か？

「だがもう始めちまったしな」

衆人環視《しゅうじんかんし》の中であれだけ大見得《おおみえ》を切ったのだ。まさかあれで終わりですなんて言えるわけがないし、そんなことをするつもりもない。幸いにも小隊員たちから反対が出ることもなかった。受け入れたのか諦《あきら》めたのか、おれの悪ふざけと思っているのか。

「腹の底を読まれちまってたら、ちっとみっともないがな」

しかしまぁ、それでもいい。多少みっともなくてもそれでおれの目的がはたせるなら、それでいいじゃないか。

「かっこ悪さもかっこいいのだ」

入隊したばかりの頃《ころ》、当時の隊長が言っていた言葉だ。当時はバカにしていたが、その人が卒業したときにその言葉を思い出し、そしていまでは理解できる。

多少自分なりの解釈《かいしゃく》も混じっているだろうが、それでもいい。こういうものを伝えていくことこそが、結局は想い出というものを生み出していくのかもしれない。

「うんうん」

過去と未来に思いをはせて一人にやにやとクラリーベルの部屋へと戻《もど》っていく。

そのときだ。

階段を下から誰《だれ》かが上がってくる気配は感じていた。

黙《だま》って部屋を出たシンを探しに隊員たちが来たのかと思っていた。

「……あ」

「うおぅ!!」

しかし、違った。

「……なにをしているのですか？」

淡々《たんたん》としているが、気配は濃厚《のうこう》に不審《ふしん》を表わしている。

「あ、クララの部屋で親睦《しんぼく》会みたいなことを」

フェリだ。

目の前にはフェリがいる。

「親睦会？　小隊でですか？」

フェリの片眉《かたまゆ》が跳《は》ねた。

「……それは、アレのためですか？」

フェリが言う『アレ』というのがなんなのか、もういまさら聞き返すことでもない。

「えーと、そのですね」

「アレなんですね」

「ぐふっ」

声に宿った殺気に、シンは抗《あらが》えない。

「いや、でも……」

アイディアの元は、ていうか二つ名も外見もフェリが決めたのではないか……そう言おうとした、言おうとしたのだが。

「なにか？」

「……なんでもありません」

無言の圧力の前に、シンの言葉はなんの意味もなかった。

「ちょっとそこに座りなさい」

「……はい」

フェリの言葉に逆らえない。なぜならばシンはフェリ・ロスファンクラブのナンバー4だからだ。一桁《ひとけた》ナンバーの誇《ほこ》りとして、彼女の言葉に逆らえるはずがない。

「もう少し考えて行動したらどうですか？」

「すいません」

「あんなことをして、みんなが恥《は》ずかしい思いをするだけとは思わないのですか？」

「すいません」

「そもそもですね……」

フェリの怒りは止まる様子がない。

「……あ、いた」

そんなときだ。というかあえてこのタイミングなのか。偶然《ぐうぜん》という名の何者かが狙《ねら》ったとしか思えない。

クラリーベル、そしてテレサたちがフェリの背後から現われる。シンの顔を見て一瞬怒《いっしゅんおこ》った顔をしたのだが、フェリの背で見えなかったシンの状況《じょうきょう》に気付き、表情を変えた。

階段の踊《おど》り場《ば》で正座させられた小隊長の姿に、言葉が出なくなっている。

そんな隊長のみっともない姿に、なにも言えなくなっている。

「……なにを笑っているんですか？」

「……え？」

フェリに言われ、シンは頬《ほお》が緩《ゆる》んでいることに気がついた。

「……それ、笑ってるんじゃなくて…………」

「え、もしかしてそれって…………」

「隊長って、そういう趣味《しゅみ》……」

テレサとクラリーベルが寄《よ》り添《そ》うように、そして怖《こわ》がるように、汚《きたな》いものを見るようにシンを見る。

シンは自分の頬を触《さわ》る。熱い。

こ、この感覚はもしかして。

いや、なんとなく精神的に辛いという感じがないとは思ってた。しかしそれは、彼女がどう怒《おこ》ろうとこれはもう自分の目的のためであって、決して彼女を表舞台《おもてぶたい》に立たせるという考えがあるわけではない。名付け親として彼女の名前を、二つ名を勝手に作ったとはいえ本名を出す気はもともとない。だから彼女の怒《いか》りを受けても反省したり恐《おそ》れたりする必要がないのだ。

それでもここにこうしているのは、自分がフェリファンクラブの一桁ナンバーだからだ。義務として彼女の怒りを受け止めているからだ。

決して望んで、さらに快感を覚えてなどは……

いないと……

……思うのだが。

「な、なんですかその顔は……」

フェリの狼狽《ろうばい》がシンの揺《ゆ》らぐ気持ちにとどめを刺《さ》す。彼女の無表情がわずかに崩《くず》れている。念威繰者《ねんいそうしゃ》としての特質とさえいえる無表情を打ち破るほどに、いまの自分は気持ち悪いというのか。

まさか、これがおれの新しい世界だというのか。

こんなタイミングで目覚めるというのか。

シンは呆然《ぼうぜん》とした。

「うわぁ、どうしましょう、これ……」

クラリーベルが汚物《おぶつ》を見る目でシンを見る。

「そんなぁ」

テレサが絶望した顔をしている。

「うう……」

フェリが言葉を失っている。

「隊長……」

トニとコーディまでも引いている。

「まさか被虐嗜好《ひぎゃくしこう》があっただなんて……」

クラリーベルの言葉がとどめとばかりに、全員の冷たい視線が零下《れいか》の刃《やいば》となってシンを突《つ》き刺した。

そしてそれさえも……

(大丈夫《だいじょうぶ》か、おれの隊……)

シンは天を仰《あお》いだ。

しかしそこには、古くさい天井《てんじょう》があるだけだった。

ファイア・アップ・スピリッツ（完結編、あるいは飽《あ》くなき無駄《むだ》な挑戦《ちょうせん》）

鼻がムズッとした。

「っくしょい！」

両手が塞《ふさ》がっていたレイフォンはなるべく被害《ひがい》のなさそうな場所を選んで大きくクシャミを放つ。

隣《となり》で殺気立っていたフェリがその色を増してレイフォンを睨《にら》んだ。

「汚《きたな》いですね」

「……すいません」

レイフォンの部屋のキッチンだ。夕食の支度《したく》をするレイフォンの隣でフェリはピーラーを使って野菜の皮むきに挑戦している。

「あの、あまり力《りき》まない方が……」

レイフォンを一睨みした後、皮むきに戻《もど》ったフェリに弱々しく助言する。皮むきが簡単にできるようになる器具だというのに、彼女はひどくもどかしい顔で根菜《こんさい》と睨み合っている。

「これ以上力を抜《ぬ》けと？」

「抜けますよ、きっと」

「…………」

難しい顔で根菜を握《にぎ》る手を震《ふる》わせるフェリの隣で、レイフォンは自分の料理を進める。彼女に頼《たの》んでいる野菜はサラダに使うものなので、こちらの作業が終わってからでも十分間に合う。

しかし、いきなり料理を習いたいというのはどういうつもりなのだろう？

これもまた、フェリの言う念威《ねんい》繰者《そうしゃ》以外の可能性への挑戦なのかもしれない。そう思うと自分もなにかしなくては、とは思う。

実際になにをすればいいのかは、いまだまったくわかっていないのだけど。

†

「…………さて」

一方こちらはクラリーベルの部屋。夕方となってもまだ涼《すず》しい程度のはずなのだが、感覚的な室温は異様に低かった。

その原因はクラリーベルとテレサ、女性二人のこれ以上ない蔑《さげす》みの視線のためだ。

「うう……」

特に強制されたわけでもないのに床《ゆか》で正座をしているシンは、二人の直視を浴びて唸《うな》る。

彼の背後でトニとコーディはどうしたらいいのかとおろおろしていた。

「まぁ、ファンなのは別にいいのですよ」

クラリーベルが呟《つぶや》く。

「あまりいい気持ちではありませんがしかたありませんよね。好みの問題ですから」

テレサもしぶしぶという様子で頷《うなず》く。

「性癖《せいへき》というものも、まぁしかたがないのかもしれません」

「ええ、いい気持ちではありませんが！」

テレサが特に強調する。

「犯罪に繋《つな》がらない限り、性癖を他人がどうこう言うものではありません。犯罪に繋がるという確証もありませんし、『男に無駄に溜《た》めさせるな』というのは私の先生の言葉でもあります。適度に解消されるのはいいでしょう」

「いい気持ちはしませんが！」

テレサが何度も強調する。その目には怨念《おんねん》がこもっているかのようだった。

「しかし、時と場所は選んで欲しいですけどね」

「相手も選んでくれるとうれしいのですけどね!!」

テレサは血の涙《なみだ》を流しそうだ。

もちろんこれは、つい先ほど見せたシンの醜態《しゅうたい》のためだ。

以前にニーナに頼まれてフェリが第十四小隊のイメージチェンジに協力したときに生まれた二つ名や格好などを――まさか本気でやるだなんて思っていなかった――公《おおやけ》に使ったこと、さらにフェリにまで蒼銀《そうぎん》の天女という二つ名を勝手に付けたことを彼女はひどく怒り、シンを詰《なじ》った。

そのときに見せたシンの恍惚《こうこつ》の表情について責めているのだ。

「………………」

さらになにかを言いたそうな顔をしているが、クラリーベルは口を開けたまま視線を宙で泳がせ、深く息を吐《は》いた。

「まぁいいです。隊長が変態でも実力が変わるわけではないですし」

「人望には関わりますが」

テレサは怒りが収まらない様子で毒を吐き続ける。その度《たび》にシンの体が小さくなっていくように見えた。

「お、おれたちは付いていきます」

「お、お前たち……」

トニとコーディの二人が小声でシンを慰《なぐさ》める。

ほろりと涙を流したところにテレサが凄《すさ》まじい形相で睨んだので、三人は抱《だ》き合って震え上がった。

「……話を戻しますよ」

クラリーベルが咳《せき》をして全員の注意を引き戻す。

「でも、クララさん！」

「諦《あきら》めましょう。この隊の隊長は、そしてあなたの愛した人は変態だったのです」

「うう……」

くずおれるテレサを慰めつつ、クラリーベルは男性陣《じん》を眺《なが》めた。

シンは反論もできない。その気力がないのか、諦めてしまったのか。

今日はもう無理かもしれない。

というかもう、ちょっと……疲《つか》れた。

「もう解散しますか」

クラリーベルの呟きにシンが意外そうな顔の後で、即座《そくざ》にほっとした顔を浮《う》かべた。それは癪《しゃく》に障《さわ》るのだが、これだけグダグダだと、クラリーベル自身も良い考えが浮かびそうな気がしない。

「解散しましょう」

改めて宣言して、クラリーベルは打ち切った。


レイフォンの部屋の食卓《しょくたく》には大量のおかずが盛られていた。それを囲むのは、三人。レイフォンとフェリ、そしてクラリーベルだ。

「なんで帰しちゃうかな？」

「……ごめんなさい」

レイフォンの困った笑みにクラリーベルは小さくなる。夕飯は第十四小隊も一緒《いっしょ》に食べるということで多めに作られていた。しかもただでさえレイフォンは多めに作ってしまうので、その量たるやさすがに大食らいといわれる武芸者が二人いたとしても唖然《あぜん》としてしまう量だ。

「明日《あした》の朝ご飯でも片付かないや。お弁当にもしないと」

「では、わたしもお願いします」

「うん、そのつもり」

あっさりと頷かれて、申し訳ないというよりややうれしい気持ちになる。沈黙《ちんもく》を保っていたフェリがそのときだけはレイフォンをちらりと見た。

「フェリ先輩《せんぱい》もお弁当にしますか？」

「わたしの分はありませんか？」

「え、あ、ありますよ」

武芸者の類《たぐい》とはいえ、念威繰者《ねんいそうしゃ》はそれほど食べない。中でもフェリは小食のように見える。だからこその提案だとクラリーベルでもわかるのだが、フェリの不機嫌《ふきげん》な声にレイフォンが慌《あわ》てている。

「では、そうしてください」

再び黙々《もくもく》と食事を始め、レイフォンがほっとした顔をしたのだが、クラリーベルはそれが少し気に入らなかった。

この二人、最近、近づきすぎではないだろうか。

気のせいだろうか。フェリのことはツェルニに来てから知ったので、それ以前の一年間の関係がわからない。ニーナやメイシェンなどのレイフォンに気がありそうな人物との関係はすぐにわかったのだが、彼女のことだけはなぜか読み切れない。

フェリがレイフォンに気があることだけは確かなのだし、レイフォンが朴念仁《ぼくねんじん》であることも事実なのだから、シンが先輩を紹介《しょうかい》したと聞いたときのような直接的なアレやコレやを心配する必要はないとは思うのだが……

（油断はできませんが）

なんだかんだでレイフォンと一緒にいるのは彼女のような気がする。ニーナは自分の気持ちに気付いてなさそうだし、メイシェンはあの性格が災《わざわ》いしてそれほど距離《きょり》を縮められているとは思えない。

（いやいや、いまはいいのです）

またも考えが恋愛《れんあい》方面に行きそうになって、クラリーベルは内心で首を振《ふ》った。それも大事だが、それはそれ、これはこれ、ものには順序有り。目的のためには自分が強くならなくてはならない。迷っている暇《ひま》はない。迷っていたら、そもそも恋《こい》さえもできなくなるかもしれないのだ。

（そう考えると、だんだん腹が立ってきますね）

それはそれ、と同じ、他人は他人ではあるのだが越《こ》えるべき壁《かべ》であるレイフォンが事態をなにも理解していないというのも腹立たしい。

言いたい。

言いたいが、言わない。これは自分が越えるべき難問だと決めているのだ。なにより安易に教えてしまって戦うよりも協力しようなんてことになったら、彼はいっそう、自分と戦うときに本気なんて見せてくれないに違《ちが》いない。

彼に言うとすれば、それは彼が本気で戦ってくれた後でだ。

「……ん？」

レイフォンの大盛り料理プラス四人前を片付けるため、いつもより多めに食べようとしていたクラリーベルだが、このときになってサラダがなんだかいつもと違うと気がついた。味にはうるさい方なのだが、今夜ばかりはこの量に目がいって味のことをあまり気にしていなかった。

レイフォンの料理は基本的に美味《おい》しいということもある。気がついてみると、他の料理とサラダとの違いがはっきりとしてきた。

なにが違うのだろう？ ドレッシングもそうだが、なんだか野菜の食感も少し違う気がする。

「あの……このサラダ」

「あ、気がついた？ それ、フェリ先輩が作ったんだ」

「え？」

失敗しました？ と出かかった言葉を慌ててのみ込み、クラリーベルはフェリを見た。

たしか、彼女は料理ができないのではなかったか。いや、直接本人から聞いたわけではないのだが、なんとなくそういう雰囲気《ふんいき》がある。

料理当番に彼女の名前が出てくることがないし。

それを言うなら自分も人に振る舞《ま》えるほど上手ではないので、そのことでフェリをどうこう言うつもりはない。そもそもクラリーベルやニーナのような、血統によって武芸者となった者は、家が裕福《ゆうふく》ということもあって自分で料理をしたことがない者が多いはずだ。フェリは血統の家の出ではないようだが、その身にある雰囲気は富裕《ふゆう》層のそれだ。彼女が料理ができないとしても別におかしなことだとは思わない。

「……下手ですいません」

淡々《たんたん》と、しかしどこかむっつりとした様子でフェリが謝ってくる。彼女も味の違いがわかっているのだろう。それに納得できていないのかもしれない。

「いえ、そんなことはないです」

通用しないだろうがそう言うしかない。ここは家ではない。人に作ってもらった料理をそこまで貶《けな》す理由もない。

食べられないというならともかく、食べられるのだから。

「でも先輩、うまくなりましたよ」

「……そうですか？」

「だって、食べられますから」

「……どうやら命がいらないようですね」

「ぐあっ！」

ガンと音がしてレイフォンがイスから転げ落ちる。脛《すね》を蹴《け》られたらしい。本気で痛かったようで、レイフォンは悶絶《もんぜつ》している。

「むう……」

そんな光景を見て、クラリーベルは唸《うな》った。

なんだかんだで食事が終わり、今度はクラリーベルがお茶を淹《い》れる。お茶ぐらいは自分で淹れられる。

淹れたお茶をトレイにのせていると、レイフォンが「そういえば……」とお菓子《かし》を出してきた。

その瞬間《しゅんかん》……

「えい」

横を抜《ぬ》けていこうとするレイフォンに、クラリーベルはトレイを持ちあげようとした手を変化させて突《つ》きを放つ。

「………」

レイフォンは無言で足を止め、眼前を行き過ぎたクラリーベルの手刀《しゅとう》を見つめた。

クラリーベルは、それが不満だ。

「なんで避《よ》けるんですか？」

「避けないと死んじゃうよ」

「フェリさんのは受け止めたのに」

「だって、あれは本当に不意を打たれてるから」

「わたしだって不意打ちですよ。だから受けてください」

「そうしたら、僕、穴が開くよ」

そう言って、レイフォンは自分の前髪《まえがみ》を見た。ほんのわずかだが毛先が削《けず》れ、断片が宙を舞っている。お菓子にそれが降りかからないよう、レイフォンは手で払《はら》った。

「むう……」

気に入らない。ちょっと力が入ったくらいでこちらの可愛い行動をそんな常識的対応で受け流すレイフォンが気に入らない。

「待遇《たいぐう》の改善を求めます」

お茶をリビングに運び、クラリーベルは訴《うった》える。

「どういうこと？」

　レイフォンは意味がわからないという顔だ。フェリは眉《まゆ》だけを動かした。

「つまり、わたしに対する扱《あつか》いがぞんざいではないかと言いたいんです」

「そんなことはないと思うけど」

「いいえあります！」

　レイフォンの発言をピシャリと切り捨て、クラリーベルは断言する。

「フェリさんやメイシェンさんと比べて、わたしの扱いはなんだかぞんざいのような気がします」

「……隊長が入っていないようですが？」

「あの人は頑丈《がんじょう》だからいいんです」

　フェリの質問もばっさりと切り捨てる。

「……ほう、誰《だれ》が頑丈だと？」

　背後からの声に、クラリーベルは驚《おどろ》いた。

　そこには、いままでいなかったはずのニーナがやや引きつった顔をして立っていた。

「ニ、ニーナさん、いつから？」

「さっきだ」

「僕が開けたけど、見てない？」

だとすれば、さきほどレイフォンがお菓子を取りに行ったときか、ぜんぜん気付かなかった。

「殺到《さっけい》の練習をしながら帰ってきたんだが、クララの不意は打てそうだな」

「あ、あははは」

ニーナの冷めた声を、クラリーベルは笑ってごまかそうとした。

「ちなみにレイフォンは気付いたぞ」

「うっ！」

彼がごく自然な動作でニーナを出迎《でむか》えたために気付かなかったというのもある。しかし自然体のレイフォンが気付き、同じく自然体でいたつもりのクラリーベルが気付かなかったのだから、やはり二人の間にある実力差はけっこうなものなのではないか。

（いえいえ、レイフォンに不意打ちしようと思って意識を集中していたから気付かなかったのです）

と、自分を納得させてみるが、さきほどの言葉を裏返す効果がまったく望めないということにすぐ気付いてしまう。

つまりは隙《すき》を見せたということだ。

「ではやはり、わたしの扱いがぞんざいだということですね」

「どうして!?」

強引に話題を戻《もど》してニーナの怒《いか》りをそらすため、レイフォンにたたみかける。

「だって、殺到したニーナさんが帰ってきたのに気付いたり、わたしの不意打ちは簡単に避けたりするのに、フェリさんの蹴りは避けないいんですよ。それってどうなんですか？やっぱりレイフォンはわたしやニーナさんをぞんざいに扱っていると思います。そうですよね、ニーナさん」

「なっ、わたしまで巻き込むのか!?」

思わぬ展開だったのか、ニーナが仰《の》け反《ぞ》った。

「だってそうじゃないですか？　フェリさんの蹴りは受け止めるんですよ。それってどうなんですか？」

「いや、フェリは念威繰者《ねんいそうしゃ》だから筋力そのものは常人並みだし……な」

そうは言っているが、自信がないのかニーナの言葉は尻《しり》すぼみになっていく。

「え？　なんですか？」

ニーナの窺《うかが》う視線が加わって、レイフォンも動揺《どうよう》した。

「そういうことだよな？」

「え……えっと、たぶん、はい」

「たぶんとはどういうことだ⁉」

「うわっ」

ニーナの一喝《いっかつ》で空気が震《ふる》え、レイフォンが姿勢を正した。

「フェリの筋力が常人だから手を抜いている。そういうことなんだな⁉　レイフォン！」

「えっと……よくわかりません」

「わからないとはどういうことだ⁉」

「フェリ……先輩《せんぱい》の蹴りが避けられないのは事実なんですけど、隊長の気配が読めたり、クララの不意打ちがかわせたのは、えと……反射でやってて、意識してるわけじゃあ……」

「反射だと……」

「うう、すいません」

ニーナがぎろりと睨《にら》み、レイフォンが小さくなる。よし、これはいい調子だとクラリーベルは内心で拳《こぶし》を握《にぎ》りしめる。クラリーベルとレイフォンの間には、彼がそうと意識していなくとも彼女自身がグレンダンで培《つちか》ってしまった関係性があるため、ニーナのようなやり方はできない。

たとえ実力はレイフォンが上でも、隊長と部下という関係がレイフォンを精神的に屈服《くっぷく》させる。

よし、このままニーナにレイフォンを叩《たた》いてもらい、そこから強引に、あらゆる屁理屈《へりくつ》を駆使《くし》して戦いの場を用意してもらおう。

「ならばいい！」

「ふへぇ!?」

そんな考えが、ニーナの一言で凄《すさ》まじい音をたてて瓦解《がかい》した。

「な、なんでですか？」

「反射でしているんだろう？　それを咎《とが》めてもしかたないじゃないか」

「むしろそれは重症《じゅうしょう》じゃないですか!!」

「しかしなぁ、それを矯正《きょうせい》しろといったところでどうなるものでもないし」

「なら、ニーナさんはいいんですか？」

「ん？　そうだな……」

ニーナが考える仕草をした。

クラリーベルは待つ。

「………………」

ニーナが深く考えている。顎《あご》に手を当て、瞑目《めいもく》する姿に、クラリーベルは逆転の糸口を望む。

「…………」

沈黙《ちんもく》が続く。

「……あの、ニーナさん？」

「……もしかして、夕食がまだだったりしますか？」

「え？」

「いやぁ、個人練習してたら食事のことを忘れていてな」

レイフォンの問いに、ニーナが照れくさそうに頭を掻《か》いた。

（それでは、さきほどのは、考えている振《ふ》りをしていただけ？　お腹《なか》が減っていて、なにも考えられなかったと？）

照れ笑いをするニーナを、クラリーベルは愕然《がくぜん》と見つめた。

「残りがあるから温めますよ」

「すまん」

「え、ちょっと……あの、ニーナさん？」

「どうした？」

「さっきの話は？」

「ん？　ああ……」

クラリーベルの問いに、ニーナはしばらく天井《てんじょう》を眺《なが》めた。

「ん、やはりしかたがないだろう」

「えー」

「それに、レイフォンにこれ以上、気を抜《ぬ》かれても困る」

「ん、ぬぅ……まぁ、そうかもしれないですけど」

「それに、自然体でそういうことができるというのは羨《うらや》ましいしな」

「む、うぅ……そうですけどぅ」

だめだ。完全に武芸者脳だ。他人のことは言えないとはいえ、クラリーベルは絶望した。

「でも、やはり……」

そこまで言ったところで、温め直された料理たちの匂《にお》いが行き過ぎていく。

「む……」

「お待たせしました」

「おお、すまんな」

飛《と》び跳《は》ねんばかりの足取りでテーブルに向かうニーナの背中には、クラリーベルとの会話の名残《なごり》はどこにも見あたらなかった。

（なんと言いますか……）

ソファに座り、黙々《もくもく》と食事に専念するニーナと世話をするレイフォンを見ながら思う。

（みなさん、飼い慣らされていますね）

レイフォンの食事にだ。特にニーナがそうだ。以前の寮《りょう》では寮長のセリナが料理も作ってくれていた。彼女の料理も決して悪くはなかったのだが、いかんせん、量が一般《いっぱん》人向けなので、武芸者にとってみればやや足りない。

レイフォンは多く作りすぎると怒《おこ》られていたと語っているが、それは相手が一般人だからだろう。自分の食事の量を基準に作るから、一般人には多すぎる。

味の繊細《せんさい》さや深さ、単純な食べ比べならばレイフォンの料理は、たとえばメイシェンには劣《おと》る。

だが、大食らいにはレイフォンの料理が好まれるだろう。彼の料理はその量の割に食べ飽《あ》きるということがない。

ニーナは完全にその料理に飼い慣らされてしまっている。ここ最近、個人訓練にかなり熱の入っているニーナは常に腹減りといっても過言ではない。レイフォンの料理はてきめんの効果を示している。

（だめです、やはり味方はいないと考えるべきですか）

ニーナは自己の鍛錬《たんれん》に没頭《ぼっとう》しすぎて食欲魔人《しょくよくまじん》と化している。彼女を味方に付《つ》けるのはやはり無理なのか。

（ああしかし、彼女もなかなか油断がならない）

これは武芸者としての実力の話だ。ツェルニに来てからときおり彼女の個人訓練に付き合っているのだが、その実力が格段に上がっている。廃《はい》貴族を御《ぎょ》すだけの精神力というだけの話ではない、そこからもたらされる力を効率的に運用するためには、やはり本人の剄《けい》脈《みゃく》や剄路、そして基本的な身体能力が向上されていなければならない。育ちにくいとされる剄脈《けいみゃく》や剄路も成長しているように思えるし、なにより身体能力の発展がめざましい。あの日の激闘《げきとう》が彼女の内部に、なにか大きな兆《きざ》しをもたらしたのかもしれない。

そう考えると、レイフォンだけに目を向けている自分は足踏《あしぶ》みばかりをして無駄《むだ》な時間を過ごしているのだろうか。

（そんなことは……個人訓練ならわたしだってしていますよ）

ニーナへの対抗《たいこう》意識も芽生え、その部分を自己肯定《こうてい》しておく。実際に個人訓練はやっている。ただその歩みは遅々《ちち》としたものだと感じてもいる。

しかしそれはツェルニに来てからのものではない。グレンダンにいたときからそうだ。伸《の》び悩《なや》んでいる。ずっとそれがクラリーベルの心に重くのしかかっている。

その壁《かべ》を打《う》ち砕《くだ》くためにも、ずっと目標にしているレイフォンと全力で戦いたいのだ。

（いけませんね……ジリジリします）

焦《あせ》りが身を焼く感触《かんしょく》に、クラリーベルは身もだえる。

このままではダメなのだと声を大にして叫《さけ》びたい。だが、それは許されない。そこに意識を向けたとたん、無言の圧力がクラリーベルの背を襲《おそ》う。圧力の主はこの部屋にはいない。だが、ここでの会話の全てを聞いていたとしてもなんの不思議もない存在だとわかっている。

あれは、なんの害もない様子を見せながら、その実、簡単にクラリーベルたちをなぎ払《はら》えてしまう。目の前にあるどこかのどかな光景を、あっさりと打ち崩《くず》してしまえる。レイフォンにさえ存在を報《しら》せないまま、クラリーベルたちを監視《かんし》するなどわけないはずだ。

あれに対抗するためにもクラリーベルは強くならなければならない。

……のだが。

無心に食事をするニーナをのほほんとした顔で給仕するレイフォンを見ていると、なんとなく脱力《だつりょく》してしまう。自分の考えはもしかして間違《まちが》っているのではないかと思ってしまう。

実はそんな危険などはなくて、あのときのグレンダンで全部がきれいに片付いて、これからは今まで通りの世界が続いていくだけなのかもしれない。アレも実は外見通りでしかなく、全てがただの気の迷い……なんてことだってあるかもしれない。

（楽観的すぎますね）

よぎっていった考えを即座《そくざ》に切り捨てる。そうであればうれしいが、おそらく現実はそんなに甘くはない。なにもしないままになにかが解決しているということはない。誰《だれ》かがなにかをしてくれたとしても、それは決して自分のためにしてくれたことではない。自分のためではないことは、決して自分の望む形で収まることはないということでもある。

自分の手で勝ち取るからこそ、そこで得たものにも意味が生まれてくるはずなのだ。

（なんとかしなくてはいけないのですが……）

しかし良い方法が浮《う》かばない。

悩んでいると、フェリの姿を視界の隅《すみ》に捕《と》らえた。

（彼女は、なにか良い案を持っていないでしょうか？）

いままではなんとなく絡《から》みづらい気がして避《さ》けていた彼女だが、いまのところレイフォンに最も近いのは彼女だ。もしかしたらクラリーベルの考えつかないような方法を知っているかもしれない。

「フェリさん、フェリさん」

「……なんですか？」

不審《ふしん》の眼差《まなざ》しを向けてくるフェリに、クラリーベルは努《つと》めて明るく、しかし声を小さくして尋《たず》ねる。

「レイフォンが本気になるようなことってないですかね？」

「……あれのことですか」

頭痛を堪《こら》えるようにフェリが目元を変化させる。

「閃光《せんこう》のレイもフェリさんが考えたんでしょ？」

「……やはり、あのときこちらの会話を聞いていたんですね」

クラリーベル争奪戦《そうだつせん》のときの話だ。

「だって、試合、退屈《たいくつ》でしたし」

第十四小隊に入隊が決定してすぐにレイフォンに対して宣戦布告をした形なのだが、そこで使われたのが『閃光のレイ』。これは以前、フェリが戯《たわむ》れにレイフォンに付けた二つ名であり、あのときを除けば一度も使ってはいない。その名をクラリーベルが知っているのは、彼女が試合中に遠く離《はな》れた観客席にいたレイフォンたちの会話を盗《ぬす》み聞きしていたからだ。

「本気のあの人と戦いたいんですよ。そのためにツェルニに来たんですし、お知恵《ちえ》拝借《はいしゃく》させてください」

「どうしてわたしが……」

「蒼銀《そうぎん》の天女」

クラリーベルが呟《つぶや》いた途端《とたん》、フェリの体がぴくりと震《ふる》えた。

「第十七小隊と戦うことがあったら、フェリさんのことそう呼んじゃいますよ？」

「あ、あなたという人は……」

「もう、目的のためなら誰だって巻き込んじゃいます」

「むう……」

表に現われないフェリの動揺《どうよう》を読み取り、クラリーベルは笑みを作る。

「だから手伝ってくださいよ」

「そんなこと、わたしにだってわかりませんよ」

「ではいっそ、フェリさんが攫《さら》われるというのはどうでしょう？」

「………は？」

「『ははは、今宵《こよい》よりフェリ・ロスは蒼銀の天女として生まれ変わるのだ！』みたいな感じで、レイフォンに『させるかー！』みたいな熱い台詞《せりふ》を言わせるわけです。ヒロインですよ。どうですか？」

「そう呼ぶなと、わたしは言っているのですが？」

「これならいまは違《ちが》うって設定になっているじゃないですか」

「設定とか、止《や》めてください」

「おっと……」

シンと同じようなことを言っていることに気付き、クラリーベルは口を押さえる。

しかし、どれだけそういう世界観に憧《あこが》れていても、やはりそれはそれ、黒衣と二つ名を持つ闇姫《やみひめ》が現実の自分とまで思い込めない。それは常識を把握《はあく》する能力が自分の身についているということでもあるのだろう。

そしてこれが、ある種の祭りのようなものだということにも、気がついている。

ならば、楽しまなければ損だ。

現実の切迫《せっぱく》感を祭りの高揚感《こうようかん》で相殺《そうさい》する。そういう意味がクラリーベルにとってはあるに違いない。

「どうですか？　囚《とら》われのヒロイン役？」

「いえ、すでに体験済みなのであえてやりたいとは思えません」

クラリーベルは知らないが、フェリはすでにサリンバン教導傭兵団《きょうどうようへい》との戦いで人質《ひとじち》として利用されたことがある。

「同じ失態を二度もやるのはプライドが許しません」

「演技でも」

「たとえ演技でも」

「むう……」

フェリの言葉の具合から、同じことをごり押しで頼《たの》んでも意味はないと感じ、即座に作戦を変更《へんこう》する。

「では、誰だったらレイフォンは本気を出すと思いますか？」

「それは……誰でも出すのではないですか？」

少し考え、フェリがそう結論づけた。

「え？」

「わたしでなくとも、隊長やあなたでも」

「そ、そうですか？」

「ええ。別にクラスメートの、ええと……名前を忘れましたが太めの人とか、シャーニッドでも彼は本気を出すと思いますよ」

『あなたでも』の部分でちょっとうれしくなっていたのだが、続く言葉でそれが台無しになる。

「誰でもいいと？」

「顔見知りなら、そしてそれが必要なら」

端的《たんてき》にフェリが言い切り、クラリーベルはむぅと唸《うな》る。あの、極度のお人好《よ》し人間ならたしかにそんなことにもなるかもしれない。

「……攫われるのはわたしでもいいということですか？」

「いいのではないですか？」

「……なんでそんなに投げやりなんですか？」

「その手のノリに付き合うのに、もう疲《つか》れたんです」

「そ、そうですか」

「関わると、どんどん泥沼《どろぬま》にはまりますから」

フェリの深く長いため息に、クラリーベルは触《ふ》れてはいけないものがあるような気がしてしまった。

「と、とにかく。その方法、試してみる価値はありますね」

「……本気でそう思ってるんですか？」

「え？　フェリさんがいけそうって言ったんじゃないですか」

「演技で成功するかどうかは知りませんよ」

「でも現実でわたしを攫えそうな人ってここにはいないですよねぇ」

「それなら、真実味なんて欠片《かけら》もありませんね」

「ちょっと待ってください。いま、わたしの創作脳が超《ちよう》回転してますから」

「創作脳？」

「囚われのヒロインをキーワードに彼の本気を引き出し、彼と戦って、それでいてわたしがハッピーエンドになるストーリーです」

「なんて都合の良い」

フェリの声にははっきりと呆《あき》れの色が混ざっていた。しかしクラリーベルは気にすることなく思考を先に進める。途切《とぎ》れることのない食欲《しよくよく》を邁進《まいしん》させるニーナからレイフォンを切り離す。最近、家事専門家になりつつあるレイフォンを武芸の道へと引き戻《もど》す。そのための作戦であり、そしてレイフォンを乗《の》り越《こ》えるクラリーベルの栄光の道を作り上げるためでもある作戦を完成させるのだ。

「できました」

「できたんですか？」

「ええ、フェリさん、ちょっと念威《ねんい》で連絡《れんらく》取って欲しい人がいるのですけど」

疑わしげなフェリを引っ張って場所を変えると、クラリーベルはお願いする。相手を言うと、フェリはあからさまに眉《まゆ》を寄せて嫌《いや》な顔をした。

「うおっ！」

端子《たんし》から相手の驚《おどろ》く声が聞こえたのはそれからすぐ、クラリーベルは急いでその相手に指示を飛ばす。相手がさらに驚き、フェリの視線がどんどん冷たくなっていくのさえも無視して、クラリーベルは強引に作戦の決行を宣言した。

†

「ごちそうさまでした！」

「お粗末様《そまつさま》でした」

満足げに手を合わせるニーナに、レイフォンも自然と笑みが出る。作りすぎたと思っていた料理もニーナが食べてくれたので朝食か弁当のどちらかに回せばきれいに片付きそうだ。

「食器はわたしが洗うから、レイフォンはゆっくりしててくれ」

「え？　いえ、いいですよ」

「ごちそうになるだけというのはだめだ」

「材料費はちゃんともらってるじゃないですか」

「手間賃が入ってないってことだな」

「いや、そう言われればそうですけど……」

「……心配しなくても、寮《りょう》にいたときにもちゃんと皿洗いはしていた」

「そうですか？　それなら……」

「やはり、お前は皿の心配をしていたんだな」

「あ、あはははは……」

ニーナの睨《にら》みを愛想笑いでかわし、テーブルを拭《ふ》くことにする。

「………………」

そこに、なんとも微妙《びみょう》な表情のフェリが戻ってきた。

「あれ、フェリ先輩《せんぱい》、クララは？」

「知りませんよ」

「え？　でも、さっき一緒《いっしょ》に出ていったんじゃ……」

「違います」

ニーナの給仕をしながらでも部屋での動きはわかる。クラリーベルがフェリになにか話しかけて二人で廊下《ろうか》に向かっていったのはわかっていた。

ドアの閉まる音が聞こえたのは一度、それならクラリーベルは戻ったのか？

「挨拶《あいさつ》ぐらいすればいいだろうに」

ニーナの呟きに「そうですね」と答えながら、どうにも釈然《しゃくぜん》としないものを感じる。しかし、あえて感覚を拡大してまでクラリーベルの足音を追いかけようとは思わなかった。個人訓練にでも出かけたか、それとも部屋に戻ったか、黙《だま》ってというのは珍《めずら》しいが、自分の部屋に戻ったとしてもおかしくはない時間だ。

そんな風に考えていたら、外で不審《ふしん》な動きを捉《とら》えた。

「ん？」

普通《ふつう》に人が歩いている気配ではない。

気配はこの建物のベランダ側に回り、そして跳《と》んだ。

泥棒《どろぼう》？　武芸者の？

「あれ、どうしてフェリ先輩、ベランダの窓を開けるんですか？」

「……割れても困りますので」

「え？」

窓の鍵《かぎ》を開けるやフェリはそこから離《はな》れていく。ベランダに出るというわけではない。ただ、鍵を開けて去っていく。その意味がわからないまま、しかし跳躍《ちょうやく》した気配はベランダに着地する。

気配は一つ……いや、二つ。

より深い殺剄《さっけい》をした者がもう一人いる。

敵。

その言葉がレイフォンの脳裏《のうり》を駆《か》けた。

だが、敵意は感じられない。

だからこれは、敵ではない？

では、なんだ？

……そう思ったとき、フェリが鍵を開けた窓が外から勢いよく開けられた。

「フハーハハハハハハハ!!」

飛び込んでくる高笑いに、レイフォンは唖然《あぜん》とする。

「な、なんだ？」

皿洗いの途中《とちゅう》だったニーナもまた戸惑《とまど》いの声を上げる。

「………………」

ことが起こる前にリビングの隅《すみ》へと移動していたフェリのため息が聞こえた。

「な、なにを……」

そういった、状況《じょうきょう》を確認する冷静さとは別にして、目の前の現実には戸惑いなしには向かい合えない。

「……してるんですか？」

レイフォンは言っていいものかどうか悩《なや》みながら問いかけた。

「宣戦布告だよ……」

ベランダの手すりにバランスよく立った男は、夜に黒衣の裾《すそ》を溶《と》かしながらそう言った。

「閃光《せんこう》のレイ！」

男、そう、猛禽《もうきん》のシンは、ちょっと照れた顔を隠《かく》すようにしてレイフォンに指を突《つ》きつけた。

「いや、だからそれは……できれば止めて欲しいと」

「フフフ……そんなことを言っている場合なのかな？」

「え？」

拭《ぬぐ》えない照れを頬《ほお》の辺りに散らしながら、シンは含《ふく》み笑いを漏《も》らす。

「フフフ……これならばどうだ！」

シンがコートの裾を翻《ひるがえ》す。そこには……

「クララ？」

闇姫《やみひめ》の衣装を纏《まと》ったクラリーベルがいた。しかし、いつもの自信に満ちた笑みは鳴りを潜《ひそ》め、沈《しず》み込んだ表情をしていた。

「あの……なにをしてるの？」

わからない。クラリーベルとシンがなにをしたいのかがわからない。背後のニーナもなにも言わない。フェリからは諦《あきら》めたような空気が漂《ただよ》ってくる。

レイフォンは一人、混乱していた。

「レイフォン……いいえ、閃光のレイ」

「あくまでもそれにこだわるの？」

クラリーベルの弱々しい声よりもレイフォンはむしろそれが気になった。

「閃光のレイ……わたしは、操《あやつ》られているの」

「ええ？」

いきなりの発言に、レイフォンは驚いた。発言の意図がわからなくて驚いたのであって『操られた』という部分に驚いたわけではない。

「え？　だってそれ、クララが自分で着たんじゃ……」

「そう。でも実は、この衣装には呪《のろ》いが、光の使徒であるあなたを倒《たお》すことを強制する呪いがかけられて、るの」

「呪いだって⁉」

「光の使徒⁉」

背後のニーナと声が被《かぶ》さる。

「待って、光の使徒って……お願い、止めて、なんかもう、胸が痛くてしかたないよ」

だいたいその服は、そこにいるシンが注文して作ったものではないか。呪いとかなんとか、そんな、おどろおどろしいものがまとわりつく要素なんて少しもないはずなのに、呪いって……

「だいたい、試合中にサイズの調整がちゃんとできてないとか言ってたじゃない。新品じゃない」

クラリーベルがレイフォンたちの会話を聞いていたように、レイフォンだってクラリーベルたちの会話を聞いている。気になれば、意識することもなく剄がその感覚を強化してしまう。

「新品だからって呪いがないとは限らないじゃないですか！」

ちょっとムキになった様子でクラリーベルは叫《さけ》ぶと、はっと我に返り、再び憔悴《しょうすい》した演技を再開する。

「は〜〜〜〜呪いがわたしの体を縛《しば》る」

「いまさっき、元気だったじゃない」

ツッコむレイフォンも疲《つか》れて声に元気がない。

「いまはまだ呪いに抵抗《ていこう》できているのです。でも、それもいつまで保《も》つか。このままでは、わたしは呪いに捕《と》らわれ、本物の闇姫となってしまいそうです」

「はぁ……」

「その前に、閃光のレイ。あなたの光の力でわたしの呪いを祓《はら》ってください」

「いや、僕べつに光の使徒とか、そんな特別な力ないし」

「ああ……呪いが……」

聞く耳持たぬとばかりに、クラリーベルが体をよろけさせる。しかし、シンとともにベランダの手すりに立っているのだから、あまり説得力はない。

「ふはははは！　さあ、どうする？　閃光のレイ!?」

「いや、どうするって言われても……」

困る。そんなこと言われても困る。

クラリーベルはレイフォンと戦いたがっている。練習ではなく、本気での戦いだ。少し前までは精神的不調だったためにやる気も起きなかったが、それもいまでは持ち直してきている。それは自分でもわかっている。

戦っても別にかまわないような気もする。

でも、なぁ……

思うのだ。精神的不調とはもう関係なく、以前にクラリーベルに言ったうるさいからという理由も除けたとして、彼女と戦うのに、もはやなんの問題もないように思える。彼女の思っているレイフォンの『本気』というものが出るかどうかは別の問題としても、戦うことはできるだろう。その点に関して、自分はひどく冷静に自分の戦闘《せんとう》における物心両面の体調を把握《はあく》している。それは精神的な煩悶《はんもん》とはなんの関係もない、一種機械的にさえ思えるレイフォンの性質だ。

自分は戦える。全力を出したとき、それを数値化したときに最高の値を出せるかどうかはともかくとして、平均的な力は出せる。そして平均的な力こそが重要だとも思っている。どんな状況であろうとも最低これぐらいの力は出せる。その値こそがレイフォンにとっては重要だ。

だから、まぁ、戦うことはかまわない。クラリーベルの納得する『レイフォン・ヴォルフシュテイン・アルセイフ』であるかどうかはともかくとして、戦うだけならばもはやそれほど抵抗はない。

だけど……

「やっぱり、閃光のレイはちょっと……」

想像する。ツェルニで戦うのだから格別の理由でもない限り舞台《ぶたい》は野戦グラウンドで、小隊戦ということになる。そうすると、大勢の観客が見ている。そのことは別にいい。いままでだってそうだったし、グレンダンでだってそうだった。他人に見られながら戦うことにそれほど抵抗はない。

だけど……

第十四小隊の、闇《やみ》の三連星に猛禽のシン、そして闇姫クラリーベル。

それに敵するは第十七小隊の閃光のレイ。

なんとなくわかる。これは真剣《しんけん》な、たとえ安全装置の付いた武器を使っているとはいえ真剣な武芸者同士の戦いに、ショー的要素を加えたものだ。

それが悪いわけではない。嫌悪《けんお》を感じたりしているわけではない。そこで行われる戦いまでもがショー的な、戦う前から勝敗がすでに決まっている筋書きの付いた戦いになったりしない限り、外見がどんな風になっていようがレイフォン自身、なにも思ったりはしない。

試合において観客の盛り上がりを煽《あお》る武芸者は他にも知っているし戦ったこともある。天剣《てんけん》のトロイアットなどは観客が盛り上がりやすいよう、見た目重視の技を使ったりしていた。

そういう戦い方もあると思う。要は、その戦場をどう自分の戦いやすい環境《かんきょう》にするかという話で、ショー的要素を盛り込む人たちは、それを好み、そして観客の喝采《かっさい》を自分の精神的調子を向上させるのに有用と判断している人たちだと思っている。

しかしそれはあくまで、自分が傍観者《ぼうかん》であった場合のことだ。試合相手だったとしても、そのショーの設定にレイフォンを巻き込んだりしなければの話だ。

「うん、やっぱり閃光のレイは、無理だと思うんだ」

レイフォン自身が当事者になるのは、しかもショー的要素の中に深く組み込まされるのは、無理だ。

想像してみる。アナウンサーが観客席に向かって熱く解説する。闇姫の呪縛《じゅばく》に捕らわれたクラリーベルを救うため、光の使徒、閃光のレイが立ち上がった！　それを阻《はば》むは闇の三連星、彼らを統《す》べる猛禽のシン！

うん、無理。

絶対、無理！

何度も心で確認する。結論は変わらない。無理無理。ありえない。

「さあ、閃光《せんこう》のレイ、いざ尋常《じんじょう》に……」

「いや、だから無理だって」

うきうきした様子で錬金鋼《ダイト》を抜《ぬ》き出すクラリーベルとは対照的に、レイフォンはどこまでも冷めていた。盛り上がる要素がどこにもない。ヒーローごっこなんてごめんだし、しかもそれを観衆の前でやれるような性格ではない。

だが……

「いいな！」

それを是《ぜ》とする人が、意外な場所にいた。

「ええ⁉」

振《ふ》り返《かえ》ると、なぜかニーナは目をキラキラさせている。握《にぎ》りしめたスポンジから泡《あわ》が溢《あふ》れていた。

「悪に立ち向かうヒーロー。かっこいいじゃないか！」

「なんでですか⁉」

俄然《がぜん》やる気になってるニーナにレイフォンは悲鳴を上げた。この間、シンたちの格好を見て泣いていた人はどこに行ったのか、そう言いたくなる。

「もしかしたらと思っていましたが、隊長はヒーロー物のムービーがお好きですか？」

「うむ！　小さい頃《ころ》から、ああいう活躍《かつやく》をしたいと思っていた！」

フェリの問いにニーナが大きく頷《うなず》く。

「なるほど」

それを見て、フェリが頷いた。

「あの、どういうことですか？」

「……つまり、自分の先輩《せんぱい》がショーのようなものを武芸者の試合に持ち込んだのは嘆《なげ》かわしいと思っていたが、戦いそのものには真摯《しんし》な態度だということで理解の修正をし、その上で、自分側、つまり閃光のレイのいる第十七小隊が『正義の側』に立っているということが、隊長にとってツボだったということでしょう」

「……勘弁《かんべん》してください」

「それは、隊長に言ったらどうですか？」

フェリの態度は冷たかった。いや、もしかしたらすでに諦《あきら》めているのかもしれない。

当事者であるレイフォンは、しかしそう簡単には諦められない。

「ふはははは、ニーナ！　いや……紫電《しでん》のニーナ！　君の率いる隊、このわたしに勝てると思っているのかな」

「なにを！　わたしには仲間がいる！　貴様の勝手にはさせないぞ！」

「ははははは！　この闇姫《やみひめ》の呪《のろ》い、そう簡単に解けると思うな！」

スポンジを握りしめたままの腕《うで》を、猛禽《もうきん》のシンの悪意をはね除《の》けるがごとく振るったので泡がそこら中に散る。

ニーナが乗ってきたのをいいことにシンとクラリーベルが彼女に集中攻撃《こうげき》をかける。

「必ず闇姫の呪いを解き、クララを助けてみせる！」

「いや、ちょっと……」

「隊の意思が動きました。決まりましたね」

フェリが淡々《たんたん》と、諦めの色を濃《こ》くして呟《つぶや》く。

「僕はいやですからね！」

レイフォンの悲鳴は、しかしどこにも届くことはない。

「必ず、クララを助け出してみせる！」

「ふははは、勝負のときが楽しみだ！」

目をキラキラさせるニーナの前では、レイフォンの言葉など虚《むな》しく散るしかなかった。

脳内会議は密室で

クララAが提言する。

「まずは問題を整理することが重要です」

「そうでしょうか？　整理するほど難しい問題ですか？」

クララBがそんなクララAに反論する。

「難しいですよ。でも、整理する必要なんてないと思いますけどね」

クララCが澄《す》ました顔で言ってのける。

「整理は大事ですよ。でも、それで問題への解決の道筋が見つかるかどうかは疑問ですけれど」

クララDが皮肉を投げる。

「整理といえばこの部屋、とてもキレイですよね。わたしの部屋とは大違《おおちが》いです」

「基本、他人《ひと》任《まか》せ人生ですからねぇ」

クララEとFがそんなことを言い合う。

「そんなことより！　まだまだ食べたりないのですけど！　メイシェンの美味！　そして

レイフォンの量！　どちらも満たしたいのですけど！」
「回復への欲求《よっきゅう》は武芸者として大切ですけど、女性としてはどうなんでしょうねぇ」
力説するクララGをクララHが宥《なだ》める。
やいのやいの。
やいのやいの。
大量のクララが円卓《えんたく》を囲んでそんな擬音《ぎおん》を撒《ま》き散《ち》らしている。
ここはクララの脳内。
その、円卓会議場である。
いま、クラリーベル・ロンスマイアは重要な議題を前に苦悶《くもん》していた。
これは、その脳内を可視化したものである。

†

脳内会議開催《かいさい》前。

その夜のクララはすっきりとしていた。
小隊同士としてレイフォンと対決し、しかも一騎打《いっきう》ちまでできた。

ちゃんとした一対一の戦いだ。

ツェルニまで追いかけてきた目的が果たされたのだ。

問題は山のように積まれているけれど、今夜は心が晴れやかだ。

いや、晴れやかだった。

過去形だ。

クララ……クラリーベル・ロンスマイア。

グレンダンの王制を支える三王家の子であり、ツェルニに家出なんてしなければ亡き祖父の跡《あと》を継《つ》いでロンスマイア家の当主となり、さらに二十年や三十年も経《た》てばグレンダンの女王になっていたかもしれない。

それがクラリーベル・ロンスマイアという人物だ。

だが、いまさら王位継承権《けいしょうけん》が惜《お》しくなったから気持ちが曇《くも》ってきたというわけではない。むしろ、今日にいたるまで王位というものに対して興味を抱《いだ》いたことはなかった。これは三王家の性格なのかもしれないが、武芸者として優《すぐ》れていればいるほど、王家に対して興味をなくすのだそうだ。

「はぁ……」

アパートでの祝勝会と残念会の途中《とちゅう》、お手洗いへと入ったクララは暗い気持ちをため息で吐《は》き出す。

ため息程度では気持ちはまったく軽くならなかったが。

メイシェンとその友人たちが用意してくれた料理の数々は大変美味《おい》しく、そして楽しい一時《ひととき》だ。

祝勝会、そして残念会というだけあって、この場にいるのはレイフォンやニーナのいる第十七小隊だけではなく、クララの所属した第十四小隊のメンバーもいる。他にもメイシエンの友人や同じアパートの住人などもいて、会場は賑々《にぎにぎ》しい。

「なんでしょうね、これ？」

壁《かべ》の向こうから聞こえてくる第十四小隊の隊長であるシンの馬鹿《ばか》笑いを聞きながらそう零《こぼ》す。

作り笑顔を維持《いじ》するのに疲《つか》れたので、お手洗いに引きこもったというわけだ。

しかし、そうそう長居するわけにもいかない。心配されてしまっては意味がない。

「……もう、帰っちゃいましょうかね」

試合の後で疲れているという言い訳が一番説得力があるだろう。レイフォンとあんな激しい戦いを演じたのだから、みんなも納得してくれるに違いない。

実際には、体の中にまだ戦いの名残《なごり》があって眠《ねむ》るどころではないのだが、そんなことは誰《だれ》にもわからない。

「そうしましょうか」

自分の考えを独り言で後押しし、立ち上がろうと……

したのだが、できなかった。

立ち去りがたい想いがある。

「うーん」

なんとなくなのだが、『いや、まだなにかあるのではないか？』という想いがあるのだ。

根拠《こんきょ》はまったくないのだが、そういう気持ちがクララのどこかに張り付いていて、帰るという決意の邪魔《じゃま》をしている。

普段《ふだん》ならこんな感覚はただの未練だと割り切れるのだけれど……

「どうしたものでしょう？」

今回は少しだけ違う。

違う理由は、ポケットの中にあった。

「うーん」

悩《なや》む。

取り出したそれは、小指の先ほどの小さな瓶《びん》だった。

ろくでもない人がいる。

ニーナがそう言っているのは何度か聞いたことがある。己《おのれ》の技術を己の楽しみのために使いたがるろくでもない人だと。

そういう輩《やから》は研究者の類《たぐい》だと思ったが、やはりその通りで、その女性も薬学系の研究をしているということだった。

だが、それで興味を持っていたというわけではない。

ニーナから彼女の話を聞いても「ふーん」で終わっていた。

そんな人もいるのか、で終わっていた。

しかし、その人はニーナが前に住んでいた寮《りょう》の寮長で、クララもこのアパートに越《こ》すまでの短い間だがお世話になっていた人物だった。

セリナのことだ。

ろくでもない人だと、だから気をつけろとニーナには何度も注意された。

だから、彼女からもらったものを使う気はまったくなかった。

「それなのに……」

クララは指先でつまんだ瓶を眺《なが》める。

薬瓶《くすり》はここに引っ越す前にもらったものだ。

問題なのは……

「どうしてこれを持って来てしまったのかしら？」

そのことだ。

ろくでもない人からもらった薬だ。

ろくでもないことに使えてしまう薬だ。

それをどうして、今夜このときに持って来てしまったのか？

「その薬はねぇ、汚染獣《おせんじゆう》の生態研究の一環《いっかん》で作ったものなの」

たしか、セリナはそんな風にこの薬のことを言っていた。

あのときのことを思い出す。

「神経系に作用させるわけだけど、汚染獣《おせんじゆう》の神経はこれがまたちょっと生物とは言いがたい部分が多すぎて、難しかったのよぅ」

「ふうん？」

セリナ特有のまったりとした喋《しゃべ》り方に影響《えいきょう》されたわけではないが、クララはのんびりとした動きでてのひらに載《の》せられた薬瓶を眺めた。薬の瓶というより、子供の頃《ころ》に持っていたおもちゃの香水瓶《こうすい》のようだ。

「つまりこれは、毒薬？」

「う～ん、そこまで強力なものが作れてたらよかったんだけどねぇ。駆除剤《くじょざい》なんてできたら便利よねぇ」

駆除剤という言葉で、クララは害虫駆除の薬のことが頭に浮《う》かんだ。撒いておくだけで簡単汚染獣《おせんじゆう》駆除！……そんな未来が実現したら武芸者はどうなってしまうのだろう？

「今回できたのは神経に作用して汚染獣《おせんじゆう》の動きを鈍《にぶ》くしてしまう……まぁそんな程度の薬」

「ははぁ……」

「ちなみに百倍に希釈《きしやく》したら眠り薬になるから」

「……はっ？」

「七十倍の希釈で武芸者にも効《き》くわよ」

「はぁ!?」

「おもしろいでしょ？」

愕然《がくぜん》としているクララに、セリナは細い目をもっと細くして笑うのだった。

思い出し、クララは瓶を見つめる。

「ほんとうに、ろくでもない人ですね」

あの目はクララを見抜《みぬ》いている目だ。

いまならそう思う。

クララにこの薬を渡《わた》したらどうなるか？　それを見抜いているから渡しているのだ。

ろくでもなく、そしておそろしい人だ。

セリナには、クララがこの都市に来た目的は話していなかったと思うのだけれど、それでもこの薬を渡すのだから、彼女の人を見抜く目はとんでもないものだということになる。

「やはり、これはいまがその刻《とき》……ということかしら？」

指先の薬瓶。指先に食い込むその硬《かた》さがそれを告げているような気が……

「いやいやいや……ないでしょ」

思わず呟《つぶや》いてしまう。

そのとき、ノックの音が響《ひび》いた。

「あ、はい？」

「クララ？　大丈夫《だいじょうぶ》か？」

「あー……ははは、大丈夫ですよ」

「そうか、なら、すまない」

「いえいえ、ごめんなさい」

「うむ」

声の主《ぬし》はニーナだ。

「ふぅ……」

彼女が去る気配を窺《うかが》い、クララはそっと息を吐く。

「………いやいや、なにしてるんですか、わたしは?」

さっさと出てしまえば良かったではないか。

ここから出て、誰かとお喋りするなり、疲れたからと自室に戻《もど》るなり、どちらでもいいから行動してしまえばいいのだ。

そのときにこの薬をここに落としていけばいい。

落として、流して、それでおしまいだ。

それなのに、どうしてそれができない?

「うあぁぁぁぁぁ」

クララは頭を抱《かか》えた。

自分がどうしたいのか、自分でもわからなくなってきたのだ。

†

そしてこの脳内会議である。

「みなさん、静粛《せいしゅく》に！」

やいのやいのを続ける脳内クララーズに、クララAが円卓《えんたく》をバンバンと叩《たた》く。

「みなさんはこの問題を解決しようとは思わないのですか？」

クララAは苛立《いらだ》たしく問いかける。

うるさく騒《さわ》いでいるだけで、彼女たちからは問題を解決しようという気持ちがまるで感じられないのだ。

「えー」

「別にいいのではないですか？」

「ていうかこれって問題なんですか？」

「トイレから出れないのは問題よね」

「ひとんちのトイレに立てこもるとか終わってますよね」

「とりあえず、トイレから出たらいいんじゃないですか？」

「トイレからの卒業かっこ笑いかっこ閉じる」

「卒業できないからこうして会議しているのでしょう！」

クララAが円卓をバンバンと叩き続ける。

「どうしたらトイレから出られると思いますか？」

「出せばいいんじゃないですか？」

「なにをですか？」

「それをここで言うのは公序良俗《こうじょりょうぞく》にひっかかりそうですよね」

「まぁ、トイレに正当な仕事をさせてあげるということですね」

「ああ、それは良い表現ですね」

「では、そういうことで」

「がんばれば良いということですね。下腹部的な意味で」

「そちらは健康だとわかっているでしょう！　みなさん！」

吠《ほ》えているのはクララA一人だ。

彼女たちにしても、自分たちで導いた会話の流れにクスリともしていない。

「なんなんですか？」

クララAはぎろりと脳内クララーズを見渡《みわた》す。

「あなたたちはいまの問題をどうにかしようという気はないのですか？」

「えー？」

「だってしかたないでしょう？」

「そうですね。どうにもならないのですから」

「この人たちは……」

クララＡは頭を抱えた。

自分以外の脳内クララーズたちのやる気のなさはなんなのか？

「むー？」

つまり、クラリーベル本人に諦《あきら》めが強いということなのだろうか？

いや、諦めてトイレから出られないだけなので、それでは正確ではない。

「あなたたち、それならこれからどうしたいと考えているのですか？」

クララＡは彼女たちに問いかけた。

「えー？」

「さー？」

「このままトイレにいればいいのではないでしょうか？」

「それはねぇ」

「いずれ強行突入《とつにゅう》されちゃいますよねぇ」

「それってみっともないですよね」

「……わかってるならもう少しまじめに考えなさい」

彼女たちの反応に、クララAは脱力《だつりょく》した。

どうやら、脳内クララーズの中で、クララAのみが問題を解決しようという意思の代表であるらしい。他の者たちは意思がはっきりとしていないために停滞《ていたい》してしまっている。

それはつまり、クラリーベル本人が混乱し、身動きができなくなっているということだ。

「このままでいいわけがありません！」

クララAは声を張り上げ、やる気を見せない同胞《どうほう》たちに訴《うった》えかける。

身動きができなくなっているクラリーベル本人の混乱を整理し、彼女が本当はなにがしたいのかを見つけ出す。

それができるのはクララAしかいないのだ。

「やるしかありません」

決意も新たに、クララAは脳内クララーズを見つめる。

自分も含《ふく》め、彼女たちはクラリーベル内部に存在する様々な側面を形にした疑似《ぎじ》人格だ。

そのほとんどが意思を示していない状態ではクラリーベル本人も動くための指標を得ることができない。

それなら、いまのクララAにやれることは？

「少しでも賛同者を増やさなければ」

しかし、そのためにはどうすればいいのか？

「困りましたね」

解決しようという意思がクララAにはある。

だが、どうすれば解決することになるのか、それを考えるにはクララAだけでは思考能力が足りない。

賛同者が増えるということは、クラリーベル本人の思考能力がクララA側に傾《かたむ》くことであり、そうすれば解決への道筋は見えてくるに違《ちが》いない。

「差《さ》し詰《ず》め、わたしは『なにごとにも折れない強い意志』の表れということですね」

一人納得してウンウンと頷《うなず》き、クララAは改めて同胞たちを見る。

さて、ではどうやって彼女たちを仲間に引き入れれば良いのか？

その問題は、さすがに自分で解決しなければならない。

クララAはしばらく考え、そしてこう言った。

「みなさん、よそさまのトイレから出られなくなるなど、あってはならない事態です」

「まぁ」

「そうねぇ」

「ですけどねぇ」

「ありといえばあり」

「なんでですか？」

「そんな快楽もこの世にはあったりなかったりするかもしれませんから」

「新たな世界の発見ですね」

「なるほどぅ」

「いやいやいやいやいや……」

またも思考が別方向に流れていこうとしている。というか求めるものとは真反対に向かってしまおうとしている。

クララAは慌《あわ》てて会話の流れをせき止めた。

「あなたたちはそれをレイフォンに見せても良いというのですか？」

「それは……」

「ちょっと……」

「上級者過ぎますかね」

なんとかせき止めることに成功したようだ。クララAは安堵《あんど》の息を吐《は》く。

そこで、クララAは天啓《てんけい》がひらめくのを感じた。

「そう、レイフォンですわ！」

クララAは大声で自分のひらめきを主張した。

「なんです？」

「レイフォン？」

「レイフォンといえば今日の戦いはよかったですねぇ」

「負けましたけどね」

「すっきりしましたねぇ」

「悔《くや》しいですねぇ」

「ああいうのをずっとやっていたいですねぇ」

「幸せな時間でしたねぇ」

クララAの誘導《ゆうどう》に脳内クララーズは陶酔《とうすい》の様子を見せる。

やはりこれだ。クララAは確信した。

レイフォンに対しては、脳内クララーズは混乱したままではいられない。なぜならクララAもまた、そうだからだ。

「ならば、彼に『トイレ女』という印象を与《あた》えるのを阻止《そし》するためにも、ここは脱出《だっしゅつ》するべきではないですか？」

「そうですねぇ」

「やっぱりねぇ」

「それはちょっと……」

「しかし、彼には本当に、『トイレ女ラヴ』という属性はないのでしょうか？」

「さっきから、あなたちょっと挑戦者《ちょうせん》過ぎませんか？」

「そんなことはありませんよ」

「ここで採決をとりたいと思います！」

クララAは叫《さけ》んだ。

「レイフォンに『トイレ女』と思われないためにも、なにはともあれいますぐトイレから出るべきだと思う方、挙手を願います！」

なにやら不穏《ふおん》な流れが潜《ひそ》んでいる。クララAはそんな危機感に背中を押されるように一気に脳内クララーズに語りかけた。

「やっぱり……」

「トイレ女はちょっと……」

クララAの提案に脳内クララーズが次々と手を挙げていく。

あっという間に過半数《かはんすう》を超《こ》えたことにクララAはほっとした。

「それではトイレからの脱出でよろしいですね」

『はーい』

揃《そろ》った声はそのままクラリーベル本人に伝わる。


「よし」


彼女の声が脳内でも再生され、さっきからトイレの壁《かべ》しか映していなかった『クラリーベル主観モニター』が動き始める。

モニターでは、立ち上がったクラリーベルがドアに手を伸《の》ばそうとしていた。

そのときだ。

「ちょっと待ってくださいな」

そう言ったのは、さっきから不穏なことを喋《しゃべ》っていた一人だった。

「なんですか？　クララH」

クララAは内心で身構えながら、彼女に尋《たず》ねる。

「トイレから出るのはいいとして、それで、どうするんですか？」

「それは……」

「帰るのですか？　それともあの薬を使うのですか？　使ったとして、それでどうするのですか？」

「むむ……」

たたみかけるように質問され、クララAは押《お》し黙《だま》ってしまう。

「トイレにこもってしまった根本的な問題を無視していては、やはりどこかで固まってしまうのではないですか？」

「そ、それは、そうですけども……」

会議場がざわつく。

「そうですねぇ」

「それが決まらないとどうにもならないですもんねぇ」

「うーん」

「どうしましょう？」

クララAを中心に結束していた脳内クララーズたちも乱れ始めた。

「これでは……」

焦《あせ》るクララAがモニターを見ると、やはりクラリーベルの動きが止まっている。

「トイレ女の称号《しょうごう》は確かに不名誉《ふめいよ》かもしれませんが、その問題を無視し続けることはできません。問題の先送りは、本来のわたしたち、クラリーベル・ロンスマイアではありえないことではありませんか？」

「ぐぬぬ……」

クララHの堂々とした正論にクララAはなにも言い返せない。

正しい。

本当に正しいのだ。

彼女の言う通り、クラリーベル・ロンスマイアはそういう人物なのだ。

やりたいことがあり、そのために道がそこに見えているのならば、後ろを振《ふ》り返《かえ》ることなく突《つ》き進むことができる人物なのだ。

だからこそ、グレンダンから家出してツェルニに来ているのだから。

「それなら……あなたはどうしようというのですか？　どうすることが正しいというのですか？」

苦し紛《まぎ》れにクララAは言い放った。

クララHに発言させるのは危険だ。

そんな予感があるというのに、そう言ってしまった。

「問題は薬です」

クララHは淀《よど》みなく言いきった。

「薬の存在に動揺《どうよう》してしまったことこそが問題なのです」

「そうですねぇ」

「うんうん」

「では、どうしてわたしたちは動揺してしまったのでしょう？」

「さあ？」

「なんででしょう？」

「そういえば、どうしてなんでしょうね？」

「むむぅ」

脳内クララーズたちの声に、クララAも唸《うな》りながら考えてしまう。

彼女にだってわからない。

だけれど、なんとなく手放しがたく思ってしまったのだ。

この薬に、なにかの未来があるような気がしたのだ。

「あ、あなたには、それがわかるというのですか？」

「もちろんです！」

断言するクララHの姿に、クララAは我知らず見惚《みと》れてしまった。

どうしてクララHはこんなにも自信に満ちているのだろうか？

クララAには、『どうにかしなくてはならない』という使命感しかないというのに。

「この薬を使って、レイフォンに最後の戦いを挑《いど》むためにです！」

そう叫んだクララHは拳《こぶし》を握《にぎ》りしめていた。

なぜか、親指が人差し指と中指の間から顔を出していたが。

そして、それがどういう意味なのかは、もちろん脳内クララーズ全員が理解できる。彼女たちは様々な側面の象徴《しょうちょう》としてそこにいるが、結局はただ一人のクラリーベルだ。知識は同じものを持っているのだから。

「なんということでしょう！」

顔を真っ赤にして拒否《きょひ》反応を示したのはクララKだ。

「そそそそ……そんなことがあるわけないでしょう！」

「どうしてですか？　眠《ねむ》り薬《ぐすり》、レイフォン、念願の戦いがやれたのにすっきりとしない……これらの要素を考慮《こうりょ》すれば、導き出せる答えはこれしかありません」

「そんな……」

「武芸者としての戦いの次は、男女の戦いです！」

熱弁を振るうクララHに対して、他の脳内クララーズの反応はまちまちだ。

クララKのように顔を真っ赤にしている者もいれば、興味津々《きょうみしんしん》な顔をする者もいる。かと思えばしらけた様子で二者の争いを見ている者もいた。

他にも細かな違《ちが》いはあるものの、大きく分ければ三つの反応になってしまう。

賛成派、反対派、中立派というわけだ。

それで……クララAはというと。

「ふうむ。なるほど」

感心していた。

彼女にとってのいまの命題はこの場を切り抜《ぬ》けることであって、そのための手段がどのようなものかは、この際どうでもいい。

なにしろクララAは『どうにかしなければならない』という意思でしかないからだ。

「捨てられないのなら使ってしまえばいいわけで、使うのならば有効的に使えばいいのです」

クララAは大声でクララHへの賛意を表明した。

「どうですかみなさん？」

そして同胞《どうほう》たちに問いかける。

「わたしはいまこの時をもって『男と女のハルマゲドン』作戦の開始を宣言したいと思います」

それがどんな作戦かは、一瞬《いっしゅん》にして他の同胞たちにも伝わっている。

なにしろ彼女たちは、結局のところ一人なのだから。

†

やいのやいのと色々思い悩《なや》んだ結果……

「むむむむむ……」

クララはついにドアを開けた。

「よう、クララ。芳香剤《ほうこうざい》の香《かお》りを付けてどこ行くんだい?」

「ううぅっ!」

すぐそばにいたシンに陽気にそう言われ、クララは泣きそうになった。

「嘘《うそ》だよ。大丈夫《だいじょうぶ》か?」

「だ、大丈夫ですよ!」

「まっ、泣いてるか、マジで腹痛いかのどっちかだとは思ってたけどな」

「はぁ?」

「泣いてないなら腹痛だな。食い過ぎんなよ」

「なっ、違いますよ！」

笑いながら去って行くシンを怒鳴《どな》りつけ、クララは頬《ほお》を膨《ふく》らませる。

「だいたい、泣くってなんですか、泣くって……」

ぶつぶつ呟《つぶや》きながら、クララは辺りを見回す。

最初の騒々《そうぞう》しさはだいぶ落ち着き、いまはまったりとした空気が流れている。ここにいるのはニーナの第十七小隊の面々とシンの第十四小隊の面々、それにメイシェンとその友人たち、そしてもう一人、このアパートの住人という構成だ。

誰一人《だれひとり》、抜けている者はいない。

まったりとした空気の中でそれぞれ親しい者たちとの会話を楽しんでいる様子だ。

クララは目の合ったニーナに手を振る。心配げな視線を送る彼女に笑顔を返すと、ほっとした様子を見せた。

ニーナに振った手は汗《あせ》でびっしょりだった。

（さて……）

心の中で呟く。

（レイフォンは……）

ツェルニの平均的なアパートよりも広いとはいえ、そこまで広いわけでもない。これだけの人数が集まっていればさすがに窮屈《きゅうくつ》に感じてしまう。

レイフォンもすぐに見つかる。

彼は小隊の錬金鋼《ダイト》技師となにやら話をしていた。

名前は……

(あれ?)

「ええと……」

なぜだろう、思い出せない。

同じアパートに住んでいるというのに、不思議と名前が出てこなかった。

「まぁ、いいです」

ツナギの彼のことはあっさりと思考放棄《ほうき》し、作戦について考える。

いかにしてレイフォンを眠らせるか。

問題はそれだ。

方法は二つ。

彼を一人引《ひ》き離《はな》し、それから眠り薬を飲ませる。

あるいは、全員一度に飲ませて眠らせてから彼をお持ち帰る。

前者だと彼を引き離す……少なくともこの部屋から一度は出さなければならない。

後者だと、怪《あや》しまれたり邪魔《じゃま》されたりしないためにも全員を眠らせなければならない。

協力者はいない。そんな者を得る努力をしている間にレイフォンを落とす（薬理的に）方法を考える方が前向きだ。

「さて……しかし……どうしたものかしら？」

方法はまだ思いついていない。

レイフォンだけを引き離す方法が思いつかない以上、皆《みんな》を一度に眠らせる方法を考えるのが順当だろう。

だがしかし、それはそれで、また難しい。

第十四小隊の集まっているところに向かいながら、それについて考える。良い方法はまるで思いつかない。

「これは、だめかしら？」

よく分からない感情をその言葉と小さな苦笑で片付けようとしていたそのとき、それを見つけてしまった。

幸運はクララを見捨ててはいなかったようだ。

部屋の隅《すみ》に追いやられた小さな機械がそれだ。

空気清浄機《せいじょうき》だ。

人がたくさん来るから引っ張り出されたのか、あるいは普段《ふだん》からあるのか、近づいて確認してみるとそれは作動ランプを光らせて空気を吐《は》き出していた。

加湿《かしつ》機能もある。

水切れを示して点滅《てんめつ》しているのを見たとき、幸運が本気でクララの背中を押してくれているのだと思った。

「メイシェンさん」

「なんです？」

通りかかったメイシェンに呼びかける。見れば新しい料理を運んできていた。

いまだに料理を作ってくれている彼女に少しだけ罪悪感を覚えつつ、クララは反射的に言葉を紡《つむ》いだ。

しかし焦《あせ》らず、ゆっくりと。

「水切れてますけど、入れておきましょうか？」

あくまでも思いつきの好意を実行するかのように。

「あ、ごめんなさい。お願いします」

「いいえ」

返事をし、給水タンクを取り外して洗面台に向かう。

誰《だれ》にも見られない位置で水を入れた。

もちろん、例の薬を一滴《いってき》、その中に落とすことも忘れてはいない。


ちょっと部屋に忘れ物を取りに行く。

そう言って、一時間ばかり外で時間を過ごしてから戻《もど》ってきた。

「…………」

ハンカチで口を覆《おお》い、慎重《しんちょう》にドアを開ける。

薬の効果があったのかどうか、部屋は静かだった。

なんとなく、足音を殺して中へと入っていく。

リビングでは皆がへたり込むようにしてその場に倒《たお》れていた。

「っ！」

自分でやったことながら心臓が止まる気持ちになる。一番近くにいた記者だというメイシェンの友人の口元に手を当て、息があることを確認して、ほっとした。

だが、まだ気は抜かない。クララは息を止めたまま空気清浄機に近づいていくと給水タンクを素早く取り外す。

キッチンの換気扇《かんきせん》が回っていることを確認し、ようやく「さて……」という気持ちになる。

「さて……」

相変わらずハンカチを口に当てたまま、呟く。

次の段階だ。

痛いほど高鳴る心臓に目眩《めまい》さえ感じつつ、クララはレイフォンを見つけ、そして抱《かか》える。

抱えようとした。

抱えるために手を伸《の》ばした。

その手が止まる。

気付いてしまったのだ。

クララを見つめる視線があることに。

「…………」

「…………」

頬に痺《しび》れるような感触《かんしょく》がある。誰かに見られているときの感触だ。クララは慎重にそちらを見た。

メイシェンがいて、彼女のもう一人の友人がいて、そしてさらにもう一人。

その一人がクララを見ている。

ヴァティ・レンがクララを見ていた。

「…………」

「…………」

メイシェンの隣《となり》で仰《あお》向けに倒れこちらに顔を向けている。

目はしっかりと見開かれていた。

その瞬間《しゅんかん》、クララの思考は停止した。

†

脳内会議場が再びやいのやいのと騒《さわ》ぎ出す。

「なんであの人だけ薬が効かないの！」

クララHが怒《いか》りの叫《さけ》びを上げる。

「そもそも、あの人って人間ではないような？」

「ああ……」

「そういえば」

「たしかに」

クララBが冷静にそう言うと、皆が納得した。

「ていうか怖《こわ》いですね」

「まばたきしてないですもんね」

「呼吸してないですけどほんとに生きてるんですか？」

「そもそも、呼吸が必要なんですか？」

「汚染獣《おせんじゅう》にも効くってセリナさんは言ってたんじゃなかったんですか？」

「希釈《きしゃく》してるんですから効果ないでしょう」

「では、彼女はなにをしているのでしょう？」

脳内クララーズの疑問が収束《しゅうそく》していき、モニターに視線が集中する。

目を見開いてクララを凝視《ぎょうし》していたヴァティだが、クララに気付かれたことがわかると
おもむろに目を閉じた。

『スースー』

クラリーベルの耳が彼女の寝息《ねいき》を拾う。

わざとらしさの欠片《かけら》もない、ごく自然な寝息だ。

「……いや、でもわざとでしょう!?」

叫んだのはクララAだが、これは脳内クララーズの総意だった。

「いったいどういうつもりなんでしょうか？」

「うーん」

クララCが呟《つぶや》き、皆で唸《うな》る。

ヴァティ・レンという名の人物がただの女性ではないことははっきりとしている。彼女が世界の敵であることを知っているのは、このツェルニではクララを除けばニーナだけという状況《じょうきょう》で、そして実力差は圧倒的《あっとうてき》だった。

彼女の秘密を誰かに漏《も》らした瞬間、このツェルニは滅《ほろ》ぼされる。

そう宣言されたし、それができるだけの実力があるのだとわかってしまっていた。

だから、ヴァティには干渉《かんしょう》しないように気をつけてきた。

そうして、ニーナとクララの二人はヴァティがやることを指をくわえて見守るしかなかった。

幸いにも目に見えてわかる害は発生していないが、目に見えていないからなにも起きていないと断言はできない。

だから、二人は胃の痛い日々を過ごしていた。

そのヴァティがクララを見ている。

他のことに意識が向いてしまっていたとはいえヴァティの存在を忘れていたとは……

「なんという失態でしょう」

クララAは自分たちの迂闊《うかつ》さに嘆《なげ》いた。

「いいえ、まだ望みが断たれたわけではありません！」

そう主張するのは、あのクララHだった。

「どうしてそう思うのですか？」

「彼女がいままでなにもしていないからです」

クララHは断言する。

「目に見える部分ではなにもしていない。目に見えない部分はわからない。しかし、目に見えないということは、少なくとも直接的な被害《ひがい》に繋《つな》がるようなことを、いまはする気がない、そういうことではないですか？」

「まぁ、おそらくは」

そうかもしれない。

違《ちが》うかもしれない。

それがはっきりしないからこそ、こんなにももどかしいのだ。

「ええ、もどかしいです」

クララHは大きく頷《うなず》いた。

「ですが、もどかしいからといつまでも悩《なや》んで動くことができない、というのは愚《ぐ》の骨《こっ》頂《ちょう》ではないでしょうか？」

「ううっ！」

なんでだろう？

どうして、こんなにもクララHは力強い発言ができるのだろうか？

クララHの言葉に、迷いを見せていたクララAをはじめとする脳内クララーズが落ち着きを取り戻そうとしていた。

それだけの力が、クララHにはあるのだ。

不思議だ。

クララHの持つ人格の側面とは、いったいなんなのか？

そんなことを思いながら、クララAは問いかける。

「それでは、どうするのですか？」

「決まっています！」

やはり、クララHは迷わない。

「作戦の続行です」

彼女の態度から、どんな言葉が出るかは想像が付いていた。

だが、不動の態度で宣言されれば勇気づけられもする。

「わたしは確信しています。彼女は動かないと。動かないことを表明するために皆《みんな》と同じように倒れ、そして寝たふりをしているはずです！」

「おおー……」

拳《こぶし》を振《ふ》るって力説するクララHに脳内クララーズたちは陶酔《とうすい》した。

「さあ、いまこそ目的を果たすのです！」

クララHの宣言に脳内クララーズは意思を一つにした。

†

ええい！

声には出さず、クララは心の中で声を上げると、思い切った。

ヴァティは起きている。あからさまな寝たふりをして、閉じたまぶたの向こうでこちらの様子を窺《うかが》っている。

それがわかっていても、いまさらやめられない。

「ここまで来て！」

潜《ひそ》めた声で決意を放ちつつ、クララはレイフォンを担《かつ》ぎ上げると慎重《しんちょう》に部屋を出た。

薬《き》が効いているとはいっても武芸者の防衛本能を侮《あなど》るわけにはいかない。なにかの拍子《ひょうし》に体が危機を感知して、解毒《げどく》を行う……なんてことが起こりえるのが武芸者の肉体だ。

ヴァティが追いかけてくる様子はない。

クララは背後よりも抱えるレイフォンの反応に意識を向け、忍《しの》び足を続けて自室に向かった。

自室のドアを開けるために、鍵《かぎ》を引っ張り出すのがもどかしい。こんなときにばかりポケットに鍵がひっかかる。そしてむりやりに引っ張り出したために生地が裂《さ》けた。

生地の裂ける特有の音がもどかしさを助長し、頭が沸騰《ふっとう》しそうだった。

「もう！　もう！　もう！」

意地でも声には出さない。頭の中でだけ苛立《いらだ》ちを吐《は》きまくる。

現実にはあくまでも静かに行動している。

開けたドアから真《ま》っ直《す》ぐ寝室《しんしつ》を目指し、レイフォンをそっとベッドに置く。

自分のベッドにレイフォンが眠《ねむ》る光景に目眩《めまい》がして、そのまま意識を失いそうになったが、それはなんとか堪《こら》える。

とにもかくにもまずは開いたままのドアを閉め、鍵をかけ、ドアロックもかけて……そしてようやくという気分で寝室へと戻《もど》っていった。

「……起きてませんよね？」

こっそりと寝室を覗《のぞ》く。

レイフォンの静かな寝息が聞こえてくる。

まだ眠っていることにほっとしつつ、クララは呟いた。

「さて……」

†

「ここからが正念場です！」

クララHが興奮している。

同調して、他の脳内クララーズも興奮している。

だがなぜか、このときになってクララAは醒《さ》めていた。

どうしてだろう？

眠り続けるレイフォンを見た瞬間に『あれ？』という気持ちになったのだ。

「なにか、違うような？」

その呟きは同胞《どうほう》たちには届かない。クララAにだけ響《ひび》き、クララAだけの疑問として彼女の胸の内にとどまった。

この疑問をこのままにしていていいのか？　クララAは落ち着かない。

どうにかしなければならない。

そういう、漠然《ばくぜん》とした使命感を代表するのがクララAだ。

たとえ賛同者がいなくとも、この疑問もどうにかしなければならない。

「なにが気になるのでしょうか？」

レイフォンを見てからそうなったのだから、彼が原因に違いない。

だが、いまこうなっているのは脳内クララーズの総意のはずだ。

いや……

総意、という言葉は正確ではない。無数にあるクラリーベルという人格の側面を象徴《しょうちょう》化させたのが脳内クララーズだ。元は同じとはいえ、総意という言葉を完全に体現することはできない。

結局のところ、現実と同じように多数決で決まってしまう。

多数決、ということは反対に票を投じた者も存在するということだ。

まっさきにクララHに影響《えいきょう》され、賛同者となってしまっていたクララAはそのことを忘れてしまっていた。

「もしかして……」

思い出したクララAは辺りを見回す。

脳内クララーズのほとんどはモニター前に集まっているが、そうでない者もちらほらといる。

「なんですか？」

クララAはその中の一人に近づいていった。

クララGは近づいて来たクララAを訝《いぶか》しげに見た。

「反対なのですか？」

率直に問いかける。

「反対というか、気に入らないのですよ」

クララGも素直に答えた。

「気に入らない？」

「わからないですか？」

問い返され、クララAは言葉に詰《つ》まる。

なにか、見逃《みのが》していただろうか？

「わたしたちは、なにしにここに来たのでしたっけ？」

「……え？」

それは……

クララGの言葉で思い出すことがあった。

ふと、背後を見る。

モニターの前に集った脳内クララーズたちは縮んでいくレイフォンとの距離《きょり》を見守り、幸運を祈《いの》って拳を捧《ささ》げている。

ちなみに親指は人差し指と中指の間に挟《はさ》まっている。

クララAの目は、なぜかクララHに向けられた。

どうしてここにいるのか？

それは、少し考えれば脳内クララーズの誰《だれ》でも思い出せる。

それなのに、クララHはあんなことを主張した。

クラリーベルにだって、その欲《よく》はもちろんある。あるからこそ、いまあそこにいる脳内クララーズのような賛同者ができてしまう。

クララAだって一時はあの集団の一人だった。

だけど、なにかがおかしいのだ。

「ん〰〰〰？」

一度、賛同者になり、そして抜《ぬ》けだしたからこそわかる。

目を細め、クララHの背中を見る。

「……あ」

あるはずのないものが見えた。

「………………………………………チャック?」

クララHの背中にチャックがあるのだ。

服にならまだわかる。服にチャックがあるのならまだわかる。

だが、そのチャックは後頭部にあった。

「……………」

クララAは無言でクララHの背後に忍び寄《よ》る。クララHたちはモニターに集中していて
クララAの接近に気付かない。

静かにクララHのチャックに手を伸《の》ばす。

引き下ろすのは一気にやった。

皆と同じクララの姿が二つに割れてはらりと落ちる。

そして、そこに現われたのは……

「あ、先生!」

クララAの叫《さけ》びに、クララH……ならぬ先生ことトロイアットが振り返る。

「どうして!?

ここにトロイアットがいるのか?

しかし、叫んですぐにその理由がわかった。

「あ、あなた、先生に感化されすぎた人格ですね」

弟子《でし》入りしてすぐはトロイアットの生き方に憧《あこが》れたりもしたものの、彼の女性遍歴《へんれき》の凄《すさ》まじさにドン引きしてすぐに軽蔑《けいべつ》するようになった。

だから、脳内クラーズに彼の人格部分への憧れを担当する者は絶滅《ぜつめつ》してしまったと思われていたのだが。

「まさか、こっそりと生き残っていたなんて」

生き残って、しかもこんなタイミングで影響力を発揮していただなんて。

「ふはーははははは！　ばれてしまってはしかたがない」

トロイアットが高笑いしながら跳躍《ちょうやく》する。

「まさか、こんなものに操《あやつ》られていたなんて……」

「追い出せ！　追い出しましょう！」

「待てーっ!!」

「ふははははははははは！」

扇動《せんどう》されていたのだと気付いた脳内クララーズが殺気だって追い立てる。トロイアットは逃《に》げる。脳内クララーズに刻みつけられた師弟の力量差が彼を捕《つか》まえさせない。

「我は消えぬ！　我は消えぬぅぅぅぅぅ！」

「消えてなくなれぇぇぇぇ！」

芝居《しばい》じみたトロイアットの叫びに脳内クララーズが付き合っている。それが師弟の影響力だ。良くも悪くも彼のやることには従わなくてはならない気になってしまうのだ。

クララAは正体を見極《みきわ》めた者の特権か、先生の影響から離《はな》れ、一人、モニターの前に残った。

「…………」

一人、モニターを見上げていた。

モニターの映像は自分の手と、指の間から覗く天井《てんじょう》で占《し》められていた。

続きは戦場で

ぎゅーんと来て。

うわっとなって。

ぽーんともらって。

天剣授受者《てんけんじゅじゅしゃ》になりました。

まる。

すでに誰《だれ》もいないその部屋で、クララはツッコんだ。

「いや、それってどういうことですか？」

急展開過ぎて思考が追いつかない。

変な気配を感じて部屋を飛び出したらニーナと合流して、そうしていたらよくわからない謎《なぞ》空間に放り投げられ、そしてニーナと引き離されてしまった。

気が付いたらグレンダンの王宮にいて、女王から天剣《てんけん》を渡《わた》されて、晴れて天剣授受者《てんけんじゅじゅしゃ》の仲間入り。

しかも図《はか》らずも祖父のノイエランを継承《けいしょう》とは、もうなんか王家の贔屓目《ひいきめ》のようで笑えない。

「………そんな甘いものではないと思いますけどね」

なにしろ、外はすでに嫌《いや》な空気に満ちていて、そんなことを気にしている余裕《よゆう》さえもなさそうだ。

クララが感じた変な気配の正体はこれだろう。

「と、いうことは……」

考えるクララの脳裏《のうり》に、一人の姿が浮《う》かんだ。

「彼女が、遂《つい》に動いたということですか」

自分がどのような力の作用でここにいることになったのか、それはよくわからない。

「いや、たぶんあれが縁《えん》とかいうの、なのでしょうけど」

電子精霊《せいれい》たちの情報共有空間のことだ。

最近は姿を見せなくなったが狼面衆《ろうめんしゅう》と戦っていたときから、その存在のことは知らされていた。

実際にその空間を体験したことはなかったので、おそらくは……ということになってしまうが、縁で間違《まちが》いないだろう。

いまさらになってその空間を体験することになるとは思わなかった。

「満喫《まんきつ》する暇《ひま》はなかったですね」

苦笑しつつ呟《つぶや》く。

そうやって混乱から平静に気持ちを切り替《か》えていく。

グレンダンに戻《もど》ってきた。

手にあるのは天剣《てんけん》だ。

クララ……クラリーベル・ロンスマイアは、晴れてクラリーベル・ノイエラン・ロンスマイアとして天剣授受者《てんけんじゆじゆしや》となる。

祖父と同じ天剣《てんけん》なのは、おそらく偶然《ぐうぜん》だ。女王がクララになんらかの期待をしていたとは考えられないし、そんな浪漫《ロマン》のためにノイエランの天剣《てんけん》を誰かに渡す機会を逃《のが》していたなんて考えたくない。

いま、ここにある天剣《てんけん》は、経緯《けいい》はどうあれ実力で手に入れた。

「……できれば、もっとしっかりした確証が欲しかったですけど」

なんか、そういう試練のようなものでもあればもっと簡単に気持ちを納得させられただろうに。

クララはため息を吐《つ》く。

そんなことが許される状況《じょうきょう》ではない。

おそらくは、そういうことなのだ。

「さて、そろそろしゃっきりしますか」

頬《ほお》を叩《たた》き、気分の切り替えを完全に終了《しゅうりょう》させる。

「こっから先は、ぐだぐだ考える状況じゃないはずですし」

基礎《きそ》状態の天剣《てんけん》を握《にぎ》りしめ、気持ちと表情を引き締《し》める。

グレンダンの長い夜が、これから始まろうとしていた。

†

念威《ねんい》端子《たんし》で集合場所を指定され、クララはそちらに向かっていた。

端子からの声が聞き慣れたデルボネではなかったことが、一抹《いちまつ》の寂《さび》しさを覚えさせた。

だが、そんなことにこだわっている場合ではない。彼女の跡《あと》を継《つ》いだ念威繰者《ねんいそうしゃ》も、きっと優秀《ゆうしゅう》なことだろうと思いつつ、そこに向かう。

その途中《とちゅう》で、出会ってしまった。

「ようっ！」

「…………うわぁ」

トロイアットだ。

「なんだなんだ、その態度は？」

「いえ、なんだか久しぶりにお会いすると尊敬の念がぜんぜん湧《わ》かないなぁと」

「ふむぅ？」

「むしろ、うんざりした気持ちになるんですが」

「おれはむしろいまだに尊敬される可能性が残っていたということの方が驚《おどろ》きなんだが」

「ええ!?」

「お前、けっこう律儀《りちぎ》な奴《やつ》だったんだな」

「そんな褒《ほ》められ方されるとは思いませんでしたよ！」

「はっはっはっはっはっ」

久しぶりに会ったというのに、まるでそんな気配を感じさせない。

そんなトロイアットの態度が、まるでありがたくない。

「あのー………」

「なんだ？」

「驚いてくれません？」

「なんで？」

「いえ、一応、家出してたのにいきなりここにいるわけでして」

そう。

そのことに驚いて、『どうしてここにいる？』とか言ってくれた方が説明しやすい気がするのだけれど。

いや、移動の方法はうまく説明できないのだけれど。

「うん。そうだな」

それなのに、トロイアットはこんな態度だ。

なんというか、困る。

「……どうしてここにいるんだと思います？」

「うん、家出してたんだっけか？」

「はい」

「実はしてなかったんだな」

「は……ええ？」

思わず、そのまま頷《うなず》きそうになった。

「……どうしてそんな考えになるんですか？」

「可能性は二つだ」

「はぁ？」

「女王に密命をもらってずっとなにかやっていた」

「あ、なんかまともなことを言った！」

「二つ目。ずっと自室のクローゼットで殺剄《さっけい》の修行をしていた」

「あ、やっぱり普通《ふつう》だ」

「さあどっちだ!?」

「どっちでもありませんよ」

「なんだつまらん。じゃあなんでもいいよ」

「うわっ、なんですかそれ」

「いまいるんだから、それが全てだ」

「え？」

「元気ならそれでよしだってな」

「……先生」

ちょっと、グッと来てしまった。

「先生、わたし……」

「ん〜？」

「わたし、天剣《てんけん》もらいました！」

弟子《でし》として信用されているのを知って、感動してしまった。

その弟子がもっと成長した？　した。たぶん。天剣《てんけん》をもらったのだからそう言い切って
しまっていいと思う。

盛り上がった気分で、トロイアットに天剣《てんけん》を見せる。

「ふうん」

しかし、トロイアットの反応は乾《かわ》いていた。

「え？」

「いや、どうでもいいわ〜」

「ええ!?」

「だってそうだろう？　弟子の成長とかどうでもいいし」

「なんでですか？　いま、元気ならそれでよしって」

「うむ。元気だろ？」

「はい！」

「元気なら強さなんてどうでもいいじゃないか」

「な、なんでですか!?」

「女性は全て、おれの守る対象だからな！」

「ぐはぁ！」

　つまり女性は戦う必要なし。

　トロイアットはそう言いたいらしい。

「そんなことよりも、弟子よ。学園都市にいたのなら師であるおれのためにどんな女性がいたかを綿密に調べてきたのだろうな？」

「んなことするわけないでしょうが！」

　そんな馬鹿話《ばかばなし》をしている間に天剣授受者《てんけんじゆじゆしや》の人たちは続々とこの場に集まってきた。

　いつも不機嫌《ふきげん》顔のルイメイとバーメリンが揃《そろ》ってやってきたのには、ちょっと笑いそうになったが、それはなんとか堪《こら》える。

　まだ、命は惜《お》しい。

　トロイアットとそんな馬鹿話をしていたせいもあって、最後にやってきたカナリスまでクララが天剣授受者《てんけんじゆじゆしや》になったことを説明する必要がなかったのは、もしかしたら助かったのかもしれない。

　しかし逆に、新たに天剣授受者《てんけんじゆじゆしや》になった人物との挨拶《あいさつ》もできなかったのだが。

「先生、あの方は？」

「ん？　ああ、新人」

「いや、それはわかってますが……ああ、いえ、いいです」

「ん？」

「男に興味あるわけないですもんね、先生」

「その通り」

迷いのない肯定《こうてい》に、むしろ目眩《めまい》がしてくる。

名前は、ハイア・ヴォルフシュテイン・ライアというらしい。

ヴォルフシュテインを継いだのだ。

レイフォンのものなのに。

そんな気持ちになったりもするが、しかしここにレイフォンはいない。

クララとそれほど年齢《ねんれい》の変わらなそうな彼には、傭兵《ようへい》団の団長という前歴があるのだという。その前歴から天剣授受者《てんけんじゅじゅしゃ》同士の連携《れんけい》を強調している。

クララの予想通り、その提案は却下《きゃっか》されてしまった。

トロイアットを見ればわかるが、他人への興味がゼロだったりあるいは極端《きょくたん》に偏《かたよ》っていたりと、協調性という言葉がほとんど当てはまらないのがこの人たちだ。

連携なんて、相当なことでもない限りは無理だろう。

だが、その相当なことがいま起きているのだと、クララにはわかっている。

そのことを主張するべきかもしれない。

しれなかった……のだが、そうしている暇《ひま》はなかった。

来てしまったのだ。

「ヴァティ……」

廊下《ろうか》を進んできた姿は、やはりヴァティ・レンそのままだった。

見間違《みまちが》いではない。

他人のそら似でもない。

クララの知っているヴァティ・レンだ。

いつの間にかクララがグレンダンに運ばれていたように、ヴァティもなんらかの特殊《とくしゅ》な移動手段を使ったのだろうか？

そんな、些細《ささい》な疑問が頭をよぎっているうちに戦いが始まってしまった。

やはりというか、ヴァティは凄《すさ》まじかった。

我先にとつっこんだハイアを簡単にいなし、そこから割り込んだルイメイの攻撃《こうげき》さえもどうやらかわしてしまったようだ。

そのルイメイの全身からは剄が弾《はじ》けながら放たれている。

「うだうだと、こざかしい」

口調からも火花が散っていそうだ。

「徹底的《てっていてき》に叩《たた》きつぶせばいいだけだろうが」

「そうだろうけども、旦那《だんな》は順番ていうのを気にした方がいいな」

そんなことを言いながら、トロイアットまで炎《ほのお》を飛ばして追撃《ついげき》をかけている。

「お前が言うか」

「それはほら、旦那が失敗していたときに恥《はじ》を掻《か》いちゃいけないからさ。念のためにさ」

「はっ」

その後もグダグダとした会話を続けるトロイアットに、クララは心配になった。

もしかして、まだヴァティの実力を甘く見ているのではないだろうか？

しかし、ここに来るまでに、すでにカウンティアとリヴァース、そしてカルヴァーンを倒《たお》している。

まさかそんなことはないと思いたいが。

「あの……あんまり油断しない方が」

「もちろん、油断なんてしてないさ、元弟子」

「も、元ですか？」

予想外の呼ばれ方だった。

「同じ天剣《てんけん》になったんだから弟子も師匠《ししよう》もないな〜」

「は、はぁ」

「で、だ。もちろん油断なんかしてねぇ」

「そうですか？」

「疑うなよ」

「疑いますよ」

「はは、まぁしかたないか」

ヴァティの姿は見えない。ルイメイの鉄球でつぶれたはずもなく。かといってトロイアットの追撃の炎で燃やし尽《つ》くせたはずもない。

それは、クラウにだってわかることだ。

危機感が頬《ほお》をビリビリさせているのだ。

この空気がなくならない限り、見えない、動きがないからと安心なんてできない。

それなのに、どうしてトロイアットはこんなにのんきに構えているのか？

「油断はしてないんだよ。油断しているように見えるのはな……」

トロイアットがそう言っていると、背後で気配が動いた。

サヴァリスだ。

彼が腕《うで》を挙げた。その手が指鳴らしの形を取っている。

その形のままに、指が鳴らされた。

「次を誰《だれ》がしたかがわかっているからだ」

トロイアットの声はその音と重なった。

さらに続いて爆音《ばくおん》が被《かぶ》さってきた。

天井《てんじょう》が爆発《ばくはつ》したのだ。

そして、その爆発に叩き出されるようにして、ヴァティの姿が現われる。

「だんだんとわかってきましたよ」

落ちてきたヴァティに、サヴァリスが語りかける。

それを見ながら、クララは啞然《あぜん》としていた。

少し気が遠くなってもいた。

サヴァリスがなにかをしたのに、気付かなかったのだ。

同じ天剣《てんけん》になったからといって、そうなる前に存在していた実力差が全て埋《う》まったわけではないのだ。

それどころか、半端《はんぱ》に成長してしまったために、以前はわからなかった差まで見えてしまっているのではないか？

「ううう……負けるもんですか」

ここで挫《くじ》けるわけにはいかない。

サヴァリスとヴァティの会話の端《はし》で、クララはこっそりと決意を改めていた。

そう。

強くなると、ずっとずっと望み続けているのだから。

†

それからすぐに、ハイアの指揮による連携戦に移行した。

天剣授受者《てんけんじゅじゅしゃ》は個人主義者の集まりだが、戦闘《せんとう》に関しては柔軟《じゅうなん》に対応できるということだろう。

そのことに素直に感心しつつ、そして天剣《てんけん》の予想以上の性能に弄《もてあそ》ばれながら、クララは必死に戦いに食いついていた。

普通《ふつう》の武芸者では実現不可能な作戦と破壊力を垣間見《かいまみ》る戦闘をこなしていると、予想外のことがまた起きた。

いや、天剣授受者《てんけんじゅじゅしゃ》たちの尋常《じんじょう》ではない破壊力に晒《さら》されてなお無事なヴァティも予想外ではあるのだが、それ以上のことが起きた。

あるいは、期待していたかもしれない。

こうなることを。

レイフォンだ。

レイフォンがここに来たのだ。

自分自身もなにがどうなってここに来たのかうまく説明できないのに、レイフォンはどうやってここに来たのか？

気になるが、聞ける雰囲気《ふんいき》ではなかった。

「どうしてそいつがここにいる？」

ルイメイの不機嫌な声にもレイフォンは表情を変えなかった。

「いるからここにいるんです。当たり前のことを聞かないでください」

レイフォンはそう返す。尖《とが》った返事の仕方は、ツェルニでは見られなかった。

だけれど、グレンダンにいた頃《ころ》はよく見ていた。

どちらかといえば、こんなレイフォンの方がクララには馴染《なじ》みが深い。

「本気も出せない武芸者なんて邪魔《じゃま》なだけですけど？」

「邪魔になったら見捨てればいいでしょう？……いつからそんな優しい人になったんですか？」

「はっ……ははははははは！　それはそうだ、確かに」

サヴァリスの高笑いをレイフォンは不審《ふしん》げに見つめている。

当たり前のように天剣授受者《てんけんじゅじゅしゃ》たちと接している。

それはそうだ。

なぜなら、彼は元天剣授受者《てんけんじゅじゅしゃ》だ。

クララとハイア、それとここにいないエルスマウという新参《しんざん》を除いた他の天剣授受者《てんけんじゅじゅしゃ》たちと肩《かた》を並べ、何人かとは共に戦ったこともある。

クララが感じている、自分がここにいることの違和感《いわかん》……なんてものとは無縁《むえん》のはずだ。天剣《てんけん》を手にしたというのに感じている、ここにいていいのかという不安感なんて、微塵《みじん》も感じていないはずだ。

それはただの思い込みかもしれない。

彼だって不安を感じているかもしれない。

恐怖《きょうふ》を覚えているかもしれない。

場違《ばちが》いなんじゃないかと迷っているかもしれない。

だけど、彼の表情はそんなものを全てひた隠《かく》しにして、かつての天剣授受者《てんけんじゅじゅしゃ》だった頃の表情を保っている。

それが羨《うらや》ましい。

そして妬《ねた》ましい。

どうしてわたしは、表情だけでも平静を装うことができないのか？

悔《くや》しくて、たまらない。

そして彼は、この場にクララがいることに驚《おどろ》く様子もなく、ヴァティとの戦いに飛び込んでいくのだ。

たまらない。

「もうっ！」

わたしは、いつまでこの感覚を味わい続けなければならないのか？

いつしか、クララの体から戦場の緊張感《きんちょうかん》はなくなり、代わりにその苛立《いらだ》たしさが占《し》めるようになっていた。

それがいいことなのかどうなのか、自分でもわからない。

天剣《てんけん》がなくとも臆《おく》せずヴァティに立ち向かうレイフォンの姿を追いかけるように戦う。

視界にはレイフォンの姿しかなく、それ以外はなにも見えなくなっていた。

「おい待て！」

それを押しとどめたのは、やはり、トロイアットだった。

「突《つ》っ込《こ》みすぎだ。ばか」

「放してください！」

首根っこを摑《つか》まれて引き戻《もど》されたクララは、トロイアットの手を払《はら》いのけ、怒鳴《どな》った。

戦場はまた変化している。レイフォンとリンテンスの登場がヴァティになにを思わせたのか、彼女は本来の目的であるサヤという少女を求めて地下へ向かおうとする。

それを足止めするクララたち天剣授受者《てんけんじゆじゆしや》には、蠢《うごめ》く茨《いばら》の群《むれ》という置き土産《みやげ》を残していた。

クララが突っ込もうとしていたのは、レイフォンがその茨の群の中へと飛び込んでいったからだ。

あの茨の防壁《ぼうへき》を抜《ぬ》けて、ヴァティを追いかけるつもりなのだ。

それなら、クララも行かなくてはならない。考えなしにそう思い、追いかけようとしたところをトロイアットに止められたのだ。

「なんで止めたんですか!?」

「お前にあれが抜けられると思ったのか？」

激昂《げきこう》するクララに対して、トロイアットの目は醒《さ》めていた。

「できますよ、わたしにだって！」

「タイミングが読めてないのにできるわけがないだろう」

「ぐっ」

呆《あき》れた口調に、クララはなにも言えなくなった。

「だけど……」

クララはそちらを見る。

レイフォンの姿は、すでに蠢く茨の向こうに消えてしまっている。同じく突入《とつにゅう》したリンテンスともどもおそらくは無事だろう。

念威《ねんい》がかき乱されているという状況《じょうきょう》では、詳細《しょうさい》はわからない。

だが、クララの中でレイフォンが死ぬという可能性は存在していない。

きっと、リンテンスと共に地下に到達《とうたつ》し、ヴァティと戦っていることだろう。

クララは、そこにはいられない。

「だけど……」

行きたかったのに。

考えすぎか、状況の変化が急すぎて頭が追いついていないのか。

「痛《いっ》う……」

頭痛と目眩《めまい》に、クララは顔を押さえた。

「わたしは……」

追いつきたいのだ。

隣《となり》に立ちたいのだ。


ああ、思い出してしまう。

あの夜のことを。

ツェルニでの楽しかった最後の夜のことを。

†

迷いに迷ったあの夜。

クララは手で顔を覆《おお》い、天井を見つめていた。

「ちがうちがうちがうちがう」

祭りの後の虚無感《きよむかん》に薬《くすり》という因子《いんし》が混ざり込み、クララは混乱していた。

その混乱が覚めた。

「こんなことじゃない。こんなことがしたかったわけじゃない。こんなことのためにツェルニまで来たわけじゃない」

ベッドでは相変わらずレイフォンが眠《ねむ》っている。どれほど強力な薬だったのか、目覚める様子はまるでない。

それが、唯一《ゆいいつ》のこの状況での救いだった。

「う、うぅうぅ……」

だけど、そんな救いにどれほどの意味があるのか。

あるいはいっそ、気が付いたレイフォンに罵倒《ばとう》されていた方がはるかにマシだったかもしれない。

「こんなことがしたかったわけじゃない!」

叫《さけ》んでもレイフォンは目覚めない。

クララは彼の胸に額を押し当てた。

「……勝ちたかった」

その言葉をようやく絞《しぼ》り出す。

「勝ちたかった」

祭りでもなんでも、名目《めいもく》はなんでも良かった。

レイフォンと戦って、全力でぶつかって、そして勝ちたかった。

自分の存在を、これ以上ないぐらいにレイフォンに叩《たた》きつけたかった。

これは好意なのか？

それとも強者への敬意なのか？

自分でもわからない。

ただ、好意であれ敬意であれ、こんな行動で気持ちが解消できるだなんてとても思えない。

これだけでは足りない。

こんなものではわたしは満たせない。

わたしとトロイアットは違《ちが》うのだ。

かつて、トロイアットは言っていた。

女性は、それだけでトロイアットにとって救いなのだと。

誰《だれ》であるか、そういう個性は関係ない。女性が女性として、その性に従ってくれているだけでトロイアットは救われているのだと。

はっきり言って、クララにはよくわからない。

ただの女好きが誤魔化《ごまか》しで戯《たわむ》れを言っただけかもしれないし、その可能性が高いとも思っている。

だけれど、そう語っていたときのトロイアットの真摯《しんし》な眼差《まなざ》しも、また忘れられない。

他人からすれば感心しない性向であっても、本人には真摯な理由が存在するのかもしれない。

クララは、クラリーベルは、トロイアットとは違う。

男女の関係に救いは感じない。

まだ未体験だけれど、救いは感じないだろう……と思う。

確実な自信があるわけではない。

だけれどいまは、いまこのときは、そんなことでクララが救われることはない。

勝ちたかった。

いまはただ、眠るレイフォンの胸にその悔しさを吐《は》き出すしかなかった。

†

「なんだか知らんが」

興奮して言葉を詰《つ》まらせるクララに対し、トロイアットの目はやはり醒《さ》めていた。

「……いや、八割はわかっていると思うんだが、ここは元弟子《でし》の繊細《せんさい》な部分であろうことを推察してあえて知らない振《ふ》りをしてやろうと思うんだ」

「………」

「だから、なんだか知らんが」

「……その独白的な補足は誰に向けたものですか？　ていうか必要だったんですか？」

「うん、そうだな」

「まったく……」

「八割は遠慮《えんりょ》して言ってみた数字だ。本当は十割だ」

「そんなところはどうでもいいんですよ！」

「いや、よくないぞ」

「なんでですか？」

「これは、師匠《ししょう》が弟子をどれだけ理解しているか、という問題ではない」

「ないんですか？」

「このおれが、女性というものをどれだけ理解しているか、という究極的な問題に繋《つな》がっているんだからな」

「……ああ、もうっ！」

　こちらの悩《なや》みを無視した態度に、本当に腹が立つ。

「そういうわけで弟子よ。ものにできなかったからって顔真っ赤にして追いかけても意味なんかねぇよ」

「なっ、だからそういうことじゃないって……」

「どういう意味だろうと、ものにできなかったのは事実だろう？」

「……ぐっ」

「顔真っ赤にしてバカみたいな突っ込みをやるのはおれの弟子らしくはねぇな」

「……さっき、元弟子って言ったくせに」

「元だろうとなんだろうと弟子は弟子だ。おれの教えの沽券《こけん》に関わる」

「むう……」

「言ったろうが？　化練勁《かれんけい》の基本は冷静な判断力だ。一歩退《ひ》いて勝つ算段立ててから動けってな」

「それは……」

「自分がなにしたいかもわかってないのに、なにができるっていうんだ？」

「それはぁ……」

「まぁそういうわけだ。勝ち目が見えてないときは潜伏《せんぷく》のときだ。おとなしくここで下働きしてろ」

「うう……」

元弟子だとか、同じ天剣授受者《てんけんじゅじゅしゃ》だとか、そんなことは関係なしに……

「なんだか、下っ端《したっぱ》扱《あつか》いされてます」

「そりゃしかたない。実際、下っ端だし」

「うう……」

「というわけで下っ端らしい戦いをここでしてろ。こっちだって十分忙《いそが》しいぜ？」

実際、この茨《いばら》を倒《たお》すのにはとてつもない労力が必要になった。

ルイメイが倒れ。

カナリスが消え。

サヴァリスが共倒れた。

そこまでして制した戦いも、いまの事態では序盤《じょばん》でしかなかった。

なにしろクララたちは、ついに女王たちと合流することができなかった。

茨を倒したそのすぐ後に新たな敵が現われ、クララたちはこの場で足止めさせられることになってしまった。

しかもこちらは、天剣授受者《てんけんじゅじゅしゃ》を三人も失って戦力が激減していた。

かなりの危機だったのだが、それも謎《なぞ》の強化をされたニーナの登場によってなんとか切り抜《ぬ》けることができた。

そんなことをしている間に、地下での戦いは終わってしまった。

だが、それさえも全ての終わりではないのだ。


空の色が変わり、巨大《きょだい》な炎《ほのお》の塊《かたまり》が落ちてきた。

世界中に怒《いか》りの気配をばら撒《ま》きながら、それは巨大な獣《けもの》の姿をとる。

あの獣こそが、いまの事態の最終局面に違いない。

世界の色を変えてしまいそうなほどの怒りの気配に、クララは呑《の》まれそうになっていた。

だが、隣にいるトロイアットは呑まれない。

「……てことは、あのかわいこちゃんは逝《い》っちまったわけか」

大技を使ったために脳内物質が暴走していたトロイアットだが、ようやくそれが収まったらしい。

落ち着いた声には、覇気《はき》が足りなかった。

「もったいない話だ」

かわいこちゃんというのはこの場合、ヴァティのことだろう。

「……人間ではなかったと思いますけど、彼女は」

ツェルニで学生の振りをしていたところを見ていたクララだが、彼女に対して同情的な気持ちになることはなかった。

出会ったときから世界の危機だと認識していたし、そう認識することでの精神的負荷と戦い続けてきた。

いまは、それからようやく解放されたのだという気持ちの方が強い。

「人間になりたかったんだろうさ」

「はぁ?」

トロイアットの言いたいことがわからない。

「そんな顔をしてた。女になりたくて仕方がないって、そんな顔だ」

「それなら、先生がそうしてあげればよかったのに」

なにを言っているのか。そんな気持ちで言葉を返す。

「そうしてやりたかったが、それじゃあダメなんだよ」

トロイアットは、あくまでもまじめな顔で言いきった。

「誰でもよかったわけじゃないんだよ。だからこそ複雑だったんだろうさ」

「…………」

この人は、ヴァティ・レンになにを見たのだろう?

戯《ざ》れ言《ごと》と聞き流そうと思っていたが、ふと、それが気になってしまった。

「あてずっぽうで、そんなこと言わないでください」

「経験での読みをあてずっぽうと言いきられるとあれだが、まっ、否定もしきれん」

「……どうしてそう思ったんですか？」

「誰だって、自分のいたい場所にいたいもんだ」

「それは……」

「あの子は、それがない目をしていた」

「……人間じゃないんですよ。わかるもんですか」

遠くを見つめるその目を見ていたくなくて、クララはトロイアットに背を向けた。

自分のいたい場所。

今日は、慌《あわ》ただしいくせに考えさせられることが多い日だ。

こんな日は、考える暇《ひま》もないくらいにあたふたとして、それで終わりたい。

無事に終わって、『ああ疲《つか》れた』とベッドに沈《しず》み込みたい。

だけど、それではだめなのだ。

……だめなのかもしれない。

自分のいたい場所。

この戦いに負けたとして、そのときに世界が本当になくなるのだとしたら、クララは一体、なにを守りたくて必死になっているのだろう？

単純に、自分の命を守るためでもいいと思うのだが、それだけではなにか寂《さび》しい。

握《にぎ》りしめた天剣《てんけん》を満足に使えた気がしない。トロイアットをはじめとした他の天剣授受《てんけんじゅじゅ》者《しゃ》たちの手伝いばかりをしていた。

それでいいのかもしれない。

自分の実力にみあった戦いをしただけ。それだけのことなのかもしれない。

そして、みんながみんな、自分の背丈《せたけ》に合ったことをしていれば、それで全てがうまくいくのかもしれない。

きっと、それでいいのだろうけれど。

でも、やはり、それだけでいいのか？　と自分に問いかけてくるなにかがある。

そのときだ。

あの演説が聞こえたのは。

『それでもなお、立たねばならぬと思うならば！』

「え？」

いきなり響《ひび》いたその声に、クララは目を丸くした。

（周囲に変化）

「は？」

（都市の周りに……都市が）

エルスマウの声も戸惑《とまど》っているような気がした。

そして実際、信じられないような報告だった。

「え？　え？」

「さすが最終戦争。なんでもありだな」

トロイアットが苦笑しているが、そんな事態ではない。

見えている範囲《はんい》全ての都市外で巨大なものが次々と現われているのだ。

なにもない空間から都市が姿を見せる。

どんな奇蹟《きせき》が起きればこんなことになってしまうのか？

「わけがわかりません」

ついていけなくて、途方《とほう》に暮れてしまう。

「おうおう、派手なことをぶちかましてるさ〜」

そんなクララとは対照的に、ハイアが楽しそうにしている。

「なにか、わかってるんですか？」

「いま起きてることかさ？　知ってるはずがないさ～」

「だって、さっき……」

「おれっちが知ってるのは、この声の主《ぬし》さ」

「声の主、ですか？」

演説はいまも続いている。

戦うか戦わないか、そんなことを語っている。

自分の命を守るために、自分の居場所を守るために。

戦うか、戦わないか。

「去年までのツェルニの生徒会長さ～」

「ええ？」

そういえば、こんな声だった気がする。ツェルニに家出したときに交渉《こうしょう》したぐらいしか面識がないので、声は忘れてしまっていたか？

いや、こんな場面で知っている人物がこんなことをしているなんて思いもよらなかったから。それが一番の理由だろう。

覚えていなくても、続く演説はクララの心に浸透《しんとう》する。

戦うために立ち上がる人々の音が聞こえてきそうな気がする。

「……ツェルニもあるんですか?」

(あります)

エルスマウからの返答は早かった。

「そう、ですか」

ツェルニも、あるのか。

いたのは一年にも満たない時間だった。だけれど、思い入れのようなものがクララの中にある。

『戦おう。自律型移動都市《レギオス》の人々よ!』

燃え上がるように空を揺《ゆ》らす鬨《とき》の声がクララの体にも浸透してくる。

この声の中に、彼らも混じっているのだ。

その姿が頭に浮《う》かんだ。

ノリノリで拳《こぶし》を振《ふ》り上げているシンの姿と、慌てふためく小隊員たちの姿が浮かんだ。

第十四小隊のみんなの顔が浮かんだ。

「……あー」

浮かんでしまったのだ。

視線を動かすとレイフォンの姿があった。

疲労《ひろう》した様子が遠くからでもわかる。

だけど、彼は止まらなかった。

真《ま》っ直《す》ぐに前を見て、進もうとしている。

「あー……しかたないなぁ」

彼が仲間たちと合流しようとしていることは明らかだ。それを疑う理由はない。

「先生」

「あ？　いくのか？」

「わかります？」

「ま、青春してろ」

「はーい」

力の抜《ぬ》ける激励《げきれい》だが、それもまたトロイアットらしい。

レイフォンの背を追いかけるように、クララも走り出す。

彼の背を追いかけるのだ。

これまでも、そしてこれからも。

いつか、追い越《こ》すその日まで。

「世界の終わりに立ち向かうとかよりも、前向きです」

クララは明るくそう呟《つぶや》くと、ツェルニへと向かって跳《と》んだ。

あとがき

というわけで二十三巻です。

雨木《あまぎ》シュウスケです。

今回はクララ特集です。

最終巻前のちょっと一息みたいな感じですが最後で緊張感の維持はできているのではないかと思いつつ今日もPS3の電源を入れつつWiiUのゲームパッドを握る作業を再開するのです。

仕事しろ。

いまの悩みは3DSをどこで持つか……

いや、だから仕事しろって。

しかし化石を掘って博物館で鑑定してもらいつつ城下町を発展させて評点集めて特殊町人を探しつつ、ときどきキョウスケさんステキ！　とか言いつつ開店した店のチェックをしたら巻き込まれ戦でボーッとしてみたり、黙れそして聞け！　と唐突に叫んだら未クリアのステージとか取り損ねのメダルを求めてうろうろしたり、そうして日が落ちたら虫を求めて南の島に向かってはポイント狩りに勤しみつつクォヴァレーの出番は、もしや今回も？　とかドキドキする。

なんてことをしていたら一日が終わっていたりするのもしかたがないと思いませんか？

しかたなくないですね。

はい、がんばります。

近況その壱《いち》。

そういえばうちのキョウスケさんは登場回の最初の攻撃で「ステーク！」スカ！　とかやってくれたんですがどういうことでしょうか？　こんなことでいいと思っているのでしょうか？「おまえにはそれぐらいでちょうどええんじゃ」ということでしょうか？　泣きましょうか？　泣きますよ？　泣いていいんですね？

うぜぇ。

近況その弐《に》。

二〇一二年のニコ動使用状況はすっかり作業用ゆっくり怪談一択となっていたのですが、最近になってMMDに手を出してみました。なにも考えてないときは裏表ラバーズのダン

ＳＰＶ風（sm15356537）とかをエンドレスで再生しています。いい感じに思考があっちに飛びます。

近況その参《さん》。
ゲームとニコ動以外になにかないのか？
ないな！
じゃあしょうがねぇ。

近況その死《し》。
ちなみにこれを書いているのはクリスマスイブなんだぜ？
はは、サンタはおれになにをくれるんだい？

そんなわけで予告。
全てを決める戦いが始まる。
運命はニーナを中心に収斂《しゅうれん》し、その束縛は彼女を矢と変える。
仲間たちの協力を得て進むレイフォンはニーナに追いつくことができるのか。

次回、鋼殻《こうかく》のレギオス二十四　ライフ・イズ・グッド・バイ。

お楽しみに。

深遊《みゆう》さんはじめ、読者&関係者のみなさんに感謝を。

雨木シュウスケ

〈初　出〉

ストーム・ブリンガー　ドラゴンマガジン２０１０年７月号

ファイア・アップ・スピリッツ（議論編、あるいはどうしようもない一日）　ドラゴンマガジン２０１０年９月号

ファイア・アップ・スピリッツ（完結編、あるいは飽《あ》くなき無駄《むだ》な挑戦《ちょうせん》）　ドラゴンマガジン２０１０年11月号

脳内会議は密室で　書き下ろし

続きは戦場で　書き下ろし

富士見ファンタジア文庫

鋼殻《こうかく》のレギオス23

ライク・ア・ストーム

平成25年2月25日　初版発行

著者――雨木《あまぎ》シュウスケ

発行者――山下直久

発行所――富士見書房

〒102-8144
東京都千代田区富士見1-12-14
http://www.fujimishobo.co.jp
電話　営業　03(3238)8702
　　　編集　03(3238)8585

印刷所――旭印刷

製本所――本間製本

※定価はカバーに表示してあります。
落丁・乱丁本は、送料小社負担にて、お取り替えいたします。角川グループ読者係までご連絡ください。(古書店で購入したものについては、お取り替えできません)
電話049-259-1100（9：00～17：00／土日、祝日、年末年始を除く）
〒354-0041埼玉県入間郡三芳町藤久保550-1
2013 Fujimishobo, Printed in Japan
ISBN978-4-8291-3854-0 C0193

第26回 冬期・夏期
ファンタジア大賞
原稿募集中！
通期
大賞 300万円
準大賞 100万円
各期
金賞 30万円
銀賞 20万円
読者賞 10万円
締め切り
冬期 2013年2月末日
夏期 2013年8月末日
最終選考委員
葵せきな（生徒会の一存）
あざの耕平（東京レイヴンズ）
雨木シュウスケ（鋼殻のレギオス）
ファンタジア文庫編集長
★大賞&準大賞は大賞決定戦で決定
ビリビリ来るの、送りなさい！
第23回大賞&読者賞
「ライジン×ライジン」
初美陽一
&
パルプピロシ
投稿も、速報もココから！
ファンタジア大賞WEBサイト
http://www.fantasiataisho.com/
楽々オンライン投稿で「ライジン×ライジン」に続け！ 一次通過作品には評価表をバックします!!
★ラノベ文芸賞も独立募集開始！
※紙での受け付けは終了しました